Les hommes en général me plaisent beaucoup

Du même auteur
aux Éditions J'ai lu

TOUTES CHOSES SCINTILLANT

N° 7730

DÉLOGER L'ANIMAL

N° 8866

ET MON CŒUR TRANSPARENT

N° 9017

CE QUE JE SAIS DE VERA CANDIDA

N° 9657

LA SALLE DE BAIN DU TITANIC

N° 9874

Véronique
OVALDÉ

Les hommes en général me plaisent beaucoup

ROMAN

J'ai lu

I

C'est le silence qui m'a réveillée cette nuit-là. Un silence bruissant, un silence de ville avec tous les moteurs de nos intimités, le ronronnement des mécaniques, le bourdonnement des moustiques et le choc des ailes de la mouche contre la vitre. J'entendais la rue et le chuintement des pneus, les sirènes lointaines et les milliers de grésillements des télés d'insomniaques, j'entendais l'eau qui claquait dans la douche et les messages qui s'enregistraient dans le secret des câbles téléphoniques, qui traversaient mon espace alentour, qui me traversaient pour passer leur chemin. J'écoutais la nuit d'été qui palpitait irrégulière.

Mais ce qui m'a réveillée, c'est qu'aucun bruit ne dépassait de cette vibration. Normalement, j'entends les animaux. J'entends les animaux du zoo qui vivent leur vie nocturne et mystérieuse. Et là, il n'y avait rien. Le barrissement de l'éléphant, les criailleries aiguës des singes et les hurlements des coyotes perçaient habituellement mes nuits. Il aurait dû y avoir aussi des froufrous affolés de plumes, des terreurs et des cauchemars de bêtes ; je les entendais normalement, je participais à leurs commerces nocturnes et là, plus rien, rien d'autre qu'une nuit d'été, rien d'autre que le bruit réflexe du monde.

« Où sont les animaux ? », je l'ai dit, je crois, mais ça n'a pas réveillé Samuel, alors je l'ai sans doute pensé, je me suis assise dans mon lit, il faisait clair, mais je ne savais plus si c'était la pleine lune ou juste la pâleur électrique des réverbères. Je me suis levée et je suis allée à la fenêtre ouverte, j'ai libéré la mouche engourdie en agitant le rideau, j'ai respiré l'odeur de la ville – une odeur plus fraîche comme lavée, toute propre et parfumée, une odeur plus fraîche que celle du jour – mais je n'ai toujours pas entendu les animaux. J'apercevais les grilles du zoo de ma fenêtre et le grand rocher aux singes, j'apercevais aussi le haut de la volière. Je suis restée un moment à attendre qu'ils se réveillent, je me suis dit, peut-être que chaque nuit il y a une heure où les animaux se taisent, peut-être ne l'ai-je simplement jamais remarqué. J'ai attendu qu'ils se réveillent. J'étais là, immobile, l'œil fixe sur le jardin, l'épaule contre le montant de la fenêtre, me rendormant déjà, debout pourtant, mais l'esprit déjà s'éloignant et se ralentissant, peinant à s'ordonner, quand tout à coup je les ai vus passer.

Ce fut la girafe d'abord dont j'ai vu le long cou chalouper au-dessus de la haie ; j'ai enjambé la fenêtre et je me suis approchée en piétinant l'herbe mouillée. Ils étaient tous là, ils passaient dans la rue déserte baignée de lumière molle, ils passaient, mes animaux, les tout petits encerclés par les plus gros, certains y courant, d'autres flânant plutôt, il y avait le couple d'éléphants et les loups pelés, les tatous et les bébés tatous, il y avait tous les singes et Wanda la vieille dame gorille – c'était écrit sur le panneau de sa grille –, il y avait des bestioles dont je ne connaissais pas le nom et le merveilleux okapi qui avançait lentement – j'avais toujours aimé sa tristesse singulière –, il y avait les chats sauvages, les zèbres, et les vautours aussi qui volaient au-dessus de toute cette cérémonie. Je me disais, c'est si beau, c'est tellement beau, et je le murmurais, accroupie derrière la haie, un peu effrayée sans doute, dodelinant légèrement dans l'humidité et sentant mes pieds s'enfoncer dans la terre meuble. Je voyais tous les animaux passer dans un silence de songe. J'ai pensé, ils se taisent pour n'alerter personne, ils se sauvent, les animaux se sauvent et je me suis mise à rire tout doucement pour ne pas qu'ils m'entendent et viennent me dévorer, je riais derrière la haie et je me disais, peut-être font-ils cela chaque nuit et reviennent-ils au petit matin, et j'entourais mon corps de mes bras et riais tout doucement. Puis ils ont tourné le coin de la rue, je suis retombée le cul dans l'herbe, dérangeant les derniers vers luisants, et j'ai continué à rire et à frissonner de plaisir.

Au matin, j'ai préparé du pain grillé et du café dans la cuisine. Je me sentais en paix dans la lumière brillante de l'aube. Samuel est entré, il m'a souri comme il le fait chaque matin. J'ai toujours l'impression qu'il a passé la nuit loin de moi, qu'il revient d'une longue absence alors qu'il a dormi à ma droite comme chaque nuit. Il me dit bonjour et pour moi c'est un indice supplémentaire. Je me dis, il n'était donc pas vraiment à ma droite cette nuit, il y avait juste son squelette et sa chair vide, rien d'autre. Je souris et je l'embrasse, je ne laisse rien paraître de ce qui trotte sous mon crâne.

Nous nous asseyons donc tranquillement à la table de la cuisine et Samuel me raconte ses rêves. Il aime que j'y trouve du sens et du symbole, alors je le fais pour qu'il prenne cet air satisfait et un peu mystérieux qu'il a parfois – comme s'il était habité par quelque chose de vaste et d'incompréhensible. Il ne sait pas que ses rêves m'ennuient. Nous écoutons la radio en grignotant du pain grillé et en faisant de minuscules tas de miettes sur le sol.

Et puis tout à coup je pense aux animaux du zoo qui se sont échappés cette nuit. Ça me revient brutalement, c'est comme si enfin je pouvais mettre un nom sur le goût sucré que j'ai dans la bouche, la satisfaction douce que je ressens dans ce matin si jeune. Je souris et je tends l'oreille mais je n'entends rien d'autre que les paroles des gens qui habitent ma radio et le cliquetis de la cuillère de Samuel dans le pot de miel. Ces deux sons parasites prennent beaucoup trop de place pour que je puisse percevoir le moindre grognement venant du zoo au-delà de l'allée d'acacias. Je me lève, mettant les pieds dans les petits terrils de miettes sur le carrelage, dépliant mon corps et sa longueur de branchages, me dirigeant vers la fenêtre. J'écoute un instant sans bouger. Je me tourne alors vers Samuel et je dis, on dirait qu'ils sont partis, on n'entend plus rien, je regarde Samuel, sa barbe et son maillot de corps et ses épaules rondes et chaque infime muscle de ses bras, son regard est doux et sphérique, il ne fait pas attention à ce que je viens de dire, il est concentré sur le pot de miel et les informations politiques qui lui font froncer les sourcils. Il ne peut pas se préoccuper du zoo en plus de tout cela.

S'il savait que j'ai vu les animaux s'échapper cette nuit, il penserait que quelqu'un les a libérés, il aurait un doute, Samuel, il aurait un doute, il se dirait, c'est elle ?, il se dirait, ça recommence ?, je verrais toutes ses petites questions qui passeraient dans ce regard sombre – doux doux comme un pelage, il faut imaginer des yeux couleur de fourrure, qui chatoieraient *idem*.

Alors je ne répète pas que les animaux sont partis, je n'ai aucune envie de devoir le rassurer, je n'ai pas envie de dire quelque chose comme : c'est dingue, comment ont-ils pu libérer tous les animaux ? sur un ton incrédule, pour qu'il soit bien sûr que je n'y ai pas participé. Je crois plutôt que, si l'on m'en avait donné l'occasion et si mes angles biscornus ne s'étaient pas émoussés avec ma vie d'ici, alors oui, bien sûr, c'est moi qui serais allée de nuit, dans une combinaison noire Lycra avec cagoule, ouvrir les cages et les grilles du zoo, oui, c'est moi qui aurais fait sortir toutes les bestioles.

J'écoute encore en humant l'air propre du matin, il y a des criaillements d'oiseaux pas très loin, les corneilles et les grillons, mais je n'entends rien de très sauvage, velu et imposant. J'ai envie de tourner sur moi-même. Je n'ai pas rêvé. Ils sont partis, vous dis-je, ils sont partis.

Je regarde Samuel qui fixe son bol de café. Il y a entre lui et moi un vase avec des tulipes rouges que j'ai cueillies hier dans le jardin, le vase est transparent, l'eau est déjà légèrement jaune, j'en ai sans doute mis trop alors les tulipes s'alanguissent comme les branches d'un saule, elles touchent presque la table de leurs pétales. Samuel est concentré sur son bol de café, j'entends le bruit que font ses molaires pour écrabouiller le pain grillé. Ce bruit me dégoûte un peu mais aussi me rassure, c'est un bruit délicieux et horrible. Je souris à Samuel et je me retourne vers le jardin, vers le gazon à la couleur électrique et vers toutes les feuilles de l'arbre qui miroitent en s'ébrouant dans ce matin idéal, je me retourne vers le petit vent d'été qui laisse palpitants les molécules et les fantômes dans l'air. Je ne bouge plus, je m'imprègne de cette saison aveuglante, je plisse les yeux et je sens Samuel derrière moi qui ne sourit pas à cause de la politique intérieure et du miel qui goutte sur la table et qu'il doit essuyer avec son index déjà poisseux. Samuel lève la tête, il continue à être sérieux, Samuel est un homme sérieux qui cache beaucoup mieux que moi le terrain miné où il se trouve, je l'entends s'inquiéter silencieusement, et je répète en moi même, les animaux de mon zoo se sont échappés, Samuel ne s'en est pas rendu compte. Peut-être que personne ne s'en rendra compte.

Après le départ de Samuel, je reste assise sur les marches en bois qui descendent au jardin, serrant bien mes coudes sur mon estomac – ce qui fait généralement dire à Samuel, tu as peur qu'on te vole un bout de ton ventre ? –, je regarde toute l'humidité de la nuit s'évaporer et donner naissance à des moucherons transparents qui s'agitent nerveusement autour de moi, j'attends en jetant un œil parfois à mes pieds ou à la peau de mes jambes – mais jamais trop longtemps, car mes pieds et la peau de mes jambes peuvent me plonger dans des abîmes de tristesse. Je réfléchis à la proposition de Samuel, celle qu'il m'a faite la veille au soir, au dîner, la proposition qui nous engage sur « du long terme », et je réfléchis aussi à tous les animaux évadés (pas très longtemps en fait, il ne me tarde aucunement de vérifier s'ils sont bien tous partis, je veux garder vivace mon émerveillement nocturne).

Je tourne dans ma tête, comme je tournerais un caramel dans ma bouche, la proposition « long terme » de Samuel. J'y mets la langue puis je recule devant sa subite acidité. J'en apprivoise finalement le goût. Mais je ne réussis pas à me décider. J'attends que le soleil m'éclabousse et me brûle pour rentrer dans l'ombre de la cuisine. Là je claque toutes les portes et je fais de grands courants d'air en maintenant les fenêtres ouvertes avec des chaises, je reste au milieu de toute cette agitation pour que ma maison se rafraîchisse et pour que s'envolent les pensées dangereuses.

Samuel, le soir, rentre avec Ben et la nouvelle petite amie de Ben. Ils parlent de politique en passant le seuil mais leur conversation n'est pas très animée. Samuel a l'habitude de rapporter à ses amis, qui sont tous déjà convaincus, des événements qui l'ont indigné ; les autres font toujours « oui oui je suis tout à fait d'accord » parce qu'ils sont vraiment tout à fait d'accord avec lui. Alors Samuel se sent bien dans cette indignation partagée, il se sent plus fort et plus légitime. Je crois que c'est la naïveté de Samuel qui m'émeut, quelque chose qui a trait à l'enfance – la plus lointaine et la plus pure.

Nous nous asseyons sur les marches face au jardin avec nos verres d'alcool, je les laisse parler en souriant – pour ne pas qu'ils s'inquiètent de mon absence –, les yeux fixés sur le glaçon dans mon verre, le glaçon qui cliquette encore et finit par carillonner contre les parois du verre chaque fois que je l'agite.

La petite amie de Ben est jolie avec une pétillance toute particulière dans les yeux, je leur souhaite beaucoup de bonheur, je me le répète tout bas, je me dis que Ben a bien besoin de quelques incantations pour réussir une histoire d'amour qui dure toujours. Il regarde sa princesse. Ben me plaît beaucoup. Les hommes en général me plaisent beaucoup. J'ai déjà essayé de séduire Ben mais j'ai arrêté mon manège à temps, juste à temps pour que Ben s'attache à moi autant qu'à Samuel.

Le soleil du soir nous a rattrapés sur la gauche, il décline rapidement derrière les immeubles et nous laisse la peau rose avec, pour chacun de nous, une ombre longue qui s'étend sur les planches de bois jusqu'au fond de la cuisine. Le crépuscule est doux et fait retomber à terre la poussière du jour, les moustiques sortent des herbes et de leurs minuscules réservoirs d'eau. Je regarde précisément cette frénésie du soir et je renifle l'odeur de sang qui monte avec les vapeurs du sol. À ce moment, Samuel dit, nous allons avoir un bébé avec Lili, et je me tourne vers lui à peine surprise. Ce bébé n'existe pas encore, je n'ai pas donné mon accord à la proposition de Samuel et encore une fois je suis touchée par sa naïveté.

Alors évidemment les deux autres croient que nous sommes ce merveilleux couple dans sa petite maison, ce merveilleux couple qui projette une jolie vie pleine de bébés muets et roses. Je ne veux mettre personne mal à l'aise donc j'acquiesce. Ben et sa petite amie (Véra, je crois) se mettent à nous congratuler. Je n'arrive pas à leur dire, non non attendez, mon ventre est vide pour le moment, vous savez, il ne s'agit juste que de l'enthousiasme de Samuel. C'est impossible évidemment de leur dire ça maintenant. Samuel serait ridicule et je briserais la joie de chacun. Alors oui bien sûr, je me mets à parler et à dire ma félicité, j'en rajoute un peu. Samuel me regarde légèrement étonné mais piégé lui aussi et nous sommes là tous les deux, très beaux dans nos habits blancs, baignés tous les deux dans ce crépuscule parfait, mentant tous les deux à nos amis mais avec de si charmants sourires qu'on ne peut pas nous en vouloir. Moi bien sûr je suis ailleurs, je revois tous les animaux sauvages de cette nuit et le balancement de la girafe, je les vois qui se sauvent mais je continue de sourire dans ce moment pur. Samuel se lève et me tend la main pour m'aider. Nous restons un instant debout sur les marches. Je trouve cet homme merveilleux, c'est ce que je me dis tout bas, cet homme est une merveille. Je ressens une joie intense, en plein plexus, d'être là auprès de lui ; je ris pour masquer mon émotion et nous rentrons tous les quatre dans la maison pour manger autour de la table en parlant bas afin de ne pas déranger les phalènes et la nuit d'été qui transporte les voix au-delà du jardin, afin de ne pas déranger mes fantômes et la plénitude de cette soirée.

II

Le lendemain je me décide à retourner au zoo. Il est encore tôt. J'attends devant la grille de l'entrée avec quelques enfants, les inconditionnels, accompagnés de leurs tantes célibataires, j'attends adossée à la grille que la porte s'ouvre, me délectant de l'ombre ardente des acacias, tripotant mon bracelet en plastique et ses minuscules perles de verre, les égrenant comme un chapelet. Je sens déjà l'odeur suave du sable et du fumier mêlée aux arômes sucrés des enfants, ces arômes contrefaits de fraise et d'ananas. J'emplis mes poumons de ce fourmillement de parfums et je souris dans l'ombre ardente des acacias.

Le gardien vert vient nous ouvrir, je m'avance et me voilà flânant dans les allées, m'arrêtant devant les barrières, accoudée aux murets face aux cages vides – ils ne sont pas revenus, mes animaux, ou bien ils sont terrés dans leurs cavernes de résine depuis leur escapade, encore assoupis ce matin.

Là où je me dirige, il n'y a aucune agitation, aucun cri, il n'y a personne.

C'est l'heure assassine. Je sens la brûlure du soleil à travers mon chapeau, je la sens qui passe dans les entrelacs de la paille.

Je reste longtemps devant Wanda la gorille, qui est si vieille qu'elle a dû laisser les autres continuer l'équipée sans elle, ayant goûté ce qu'elle imaginait ne plus goûter jamais, n'en demandant guère plus et retournant à son fourrage et à ses fruits blets. Ce zoo est maintenant devenu un zoo de très vieux animaux, me dis-je. J'essaie de sonder l'inépuisable désolation de Mme Wanda, me répétant, elle va mourir bientôt, et reniflant l'odeur de sa chaleur et de sa décomposition – parce qu'elle se décompose, Mme Wanda, elle se décompose doucement dans sa vieillesse lente –, et je m'interroge, que faire pour la libérer si ce n'est lui donner des granulés parfumés et mortels, que faire pour Mme Wanda.

À ce moment précis, au moment où je m'éloigne de la prostration mélancolique du gorille, où je m'en détache pour rejoindre l'allée, j'aperçois quelque chose bouger tout à fait à gauche de moi, quelque chose qui tremble dans l'air liquide, qui brille et disparaît – l'un de ces esprits de la chaleur qui apparaît en miroitant au-dessus du bitume en été. Je tourne la tête, il n'y a déjà plus rien. Je vois juste, au fond, sous un acacia, un homme et sa petite fille qui tient un ballon en forme de chien jaune.

Mon fantôme d'été a disparu. Pourtant en y réfléchissant bien je peux dire qu'il s'agissait d'un homme habillé tout en noir qui se tenait immobile dans le coin gauche de mon œil gauche. Là-bas sous l'acacia. Près de la petite fille et de son père.

Je peux même dire qui est cet homme. Mais son nom me pétrifie d'effroi. Parce qu'il n'est pas censé revenir, il ne devrait pas être ici, il ne le peut pas d'ailleurs, si j'y pense sérieusement, c'est vraiment impossible, il suffit que je souffle une ou deux minutes en me tenant à la balustrade devant Mme Wanda, le visage à l'ombre de mon grand chapeau, voilà, je souffle, je me remplis de tout cet air chaud et je me dis, très sérieusement, le sourcil froncé, je me dis, non, il ne peut pas être revenu.

Je me remets en marche à petits pas sur le sable de l'allée – juste mon ombre minuscule concentrée autour de mes pieds, rien d'autre que cette ombre et ce soleil fixe. Je rentre à la maison et je réfléchis tout l'après-midi pour savoir si je vais parler à Samuel du fantôme que j'ai croisé au zoo.

Je ne dis rien quand Samuel revient.

Je prépare une salade, je la laisse tremper longtemps dans l'évier, plongeant mes mains dans l'eau glacée, y trouvant un grand réconfort, puis coupant en tout petits carrés des tomates et des oignons sur une planchette de bois, m'appliquant avec mon couteau qui vit doucement entre mes doigts, parsemant ma salade de persil et de levure et la plaçant dans de jolis bols bleus qui ont juste le format de la paume de mes mains. J'ajoute de la poire, de la bière, du soja, du vinaigre et je passe mes mains sous l'eau qui est redevenue tiède dans la tuyauterie. Je dépose les bols sur un plateau et j'apporte tout dehors ; nous mangeons assis sur les marches avec Samuel, parlant peu mais nous souriant beaucoup – tu es là, je suis toujours là.

Tout à coup je me sens à deux doigts de me mettre à rire en pensant à l'idée d'un bébé avec Samuel, j'ai l'impression d'avoir huit ans et qu'on m'a bricolé un corps de femme et de mère possible mais que c'est – l'idée de cette maternité – la chose la plus scandaleuse et la plus loufoque qui peut m'arriver. Puis j'ajoute pour moi seule, Samuel en a peut-être vraiment envie. Cette pensée me titille alors je continue, et moi de quoi diable ai-je bien envie ?

Je contemple Samuel en me concentrant sur la beauté de ses traits et sur ses yeux de fourrure, je me dis, le bébé aurait un joli visage ; je passe en revue tout ce qui m'attache à lui et surtout, surtout, le fait que jamais il ne me rappelle d'où il m'a tirée ; je regarde autour de moi et je vois ce jardin et la maison, la passiflore qui recouvre son mur au nord, la densité de sa liane et l'éclat de ses fleurs – de brèves explosions blanches dans sa profusion végétale ; j'écoute mon cœur me dire « c'est ça ma jolie, c'est ça dont tu as besoin » – mais est-ce bien mon cœur, ne serait-ce pas plutôt mon père ma mère mon petit frère et la Vieille que j'héberge dans ma chair et qui se permettent trop souvent des sermons et des intrusions –, je continue de sourire prudemment.

Je me sens inquiète à cause de l'homme que j'ai aperçu sous les acacias du zoo et dont je dissimule la réapparition, comment a-t-il fait pour me retrouver, comment Yoïm – puisque je ne peux taire toujours son nom – a-t-il fait pour me retrouver, j'essaie de me convaincre qu'il s'agit d'un spectre, j'essaie de reléguer dans le double fond d'un tiroir la nauséeuse angoisse qu'il fait naître en moi, j'essaie de me concentrer sur Samuel et sur le malentendu à propos du bébé. Je me force à modifier le cours de mes divagations. Je pense au plaisir que j'aurais à briser l'équilibre dans lequel nous vivons, Samuel et moi. J'hésite, jonglant un moment avec la séduction de la dynamite. Je décide finalement de tout garder enfermé, le retour de Yoïm comme nos mensonges autour du bébé, et d'ajouter une couche supplémentaire à notre raffiné millefeuille – non-dits, silences, ennui, répétez l'opération jusqu'à l'écœurement.

Quand Samuel commence à me caresser cette nuit-là, se collant à ma cuisse, pressant sa bite contre moi, urgent et tendu – si tendu que j'ai toujours l'impression que la peau de sa queue va craquer et se déchirer doucement –, je le prends pour un intrus. Et comme pour un intrus dont je ne saurais que faire, comme pour un indélicat dont je ne saurais me débarrasser, j'accepte qu'il entre et s'installe, prenne ses aises et me fasse la conversation. Je suis ailleurs et sans lui. Je le laisse me baiser, je reste polie et délicatement distante, et je me mets à compter tout bas. Je compte toujours tout bas quand Samuel me baise et que je n'y suis pas. Je soustrais et j'additionne, je vois des chiffres voler sur le plafond et s'aligner en suites imaginaires et ils se répètent dans ma tête et scandent le mouvement de Samuel. Parfois j'ai envie de l'interrompre mais il a l'air si concentré – il l'est tant qu'il ne me voit plus d'ailleurs et ne remarque pas mon absence –, il a l'air si crispé que je l'aide à venir plus vite, je l'aide à jouir comme on donnerait une pichenette au mécanisme d'un jouet qui n'avancerait plus. Quand je le fais je ne me sens pas mauvaise, je ne me sens pas cynique, je le fais avec tout l'amour que j'ai pour lui, je le fais comme un don. Parfois, simplement, il m'est impossible d'être près de lui, je vois mes fantômes s'agiter, nous voilà trop nombreux dans ce lit, je regarde mes cuisses et mes seins et mes mains, je m'entends lui parler, c'est ma voix mais elle est sourde et étrangère, elle dit des mots que je ne connais pas bien, je parle pour couvrir les voix de mes fantômes qui essaient de m'interpeller mais qui sont bien trop loin encore, je regarde les épaules de Samuel que je trouve si séduisantes et je lui ouvre l'intérieur de ma peau, je lui ouvre l'intérieur de mon corps, je ne peux rien faire d'autre que de lui offrir la jouissance de mon cul, je voudrais lui donner plus mais je ne peux que me donner à lui et compter compter en tenant les fantômes à distance.

III

Samuel m'a sortie de prison. Personne autour de nous ne le sait. Nous avons une histoire toute prête si on nous interroge. C'est Samuel qui tient à ce mensonge. Il dit qu'il le fait pour nous, pour moi surtout, mais aussi pour les autres, pour leur éviter le malaise et l'incompréhension, pour leur éviter la douleur de ne plus du tout nous comprendre.

Samuel est professeur de dessin. Il s'occupe d'enfants très jeunes qui ont des soucis sans aucune mesure avec leur âge. Je crois qu'il leur apprend simplement à regarder et qu'il passera vraiment au dessin quand ils se sentiront prêts. Il leur apporte des objets, un poivrier, une petite machette, un verre qui prend une couleur bleu irisé quand on le laisse au soleil, il leur apporte des lunettes de soleil – très grandes, très vieilles, les lunettes d'une star de cinéma qui aurait cent quatre-vingt-huit ans et qui n'aurait d'autre solution que de se cacher derrière –, il leur apporte une montre, un ruban rose un peu effiloché, un citron moisi sur le bout pour leur en montrer la mousse verte et velue comme un sous-bois. Samuel a une façon très particulière de parler aux enfants, de leur faire raconter ce qui se passe dans le fin fond de leur tête. Les enfants dessinent un peu, très peu, et discutent beaucoup avec lui. Samuel le soir me rapporte ce qu'ils disent. Il revient en voiture, l'école est à l'autre bout de la ville – à peine excentrée, pour que tous ces gamins pas bien en forme ne contaminent pas notre cité –, il revient dans sa voiture grise, j'en reconnais le bruit de très loin, un bruit de marmite.

Je me mets à la fenêtre ou alors je sors me poster sous l'acacia pour l'accueillir. Il agite la main quand il m'aperçoit comme si j'attendais quelqu'un d'autre et que, hasard, il passait par là. Il arrête sa guimbarde juste devant la grille et je m'approche ; j'ai l'impression encore une fois d'avoir huit ans, ma joie de le voir réapparaître chaque soir se mêle à un soulagement intense, je suis une petite fille ou bien un jeune chien, je ne sais pas bien, je mets mes deux pattes sur sa portière, je me sens un peu ridicule mais il a l'air de me trouver normale et charmante, le voilà qui s'extirpe de la voiture et s'étire, le voilà qui m'enlace – mon long corps de branchages –, lui m'enlaçant, passant la main sous ma chemise et caressant mes côtes, étonné semble-t-il de me deviner squelette, moi le visage dans le creux de son cou, me plongeant dans son odeur d'homme, sa sueur de voiture et d'été, respirant l'odeur des enfants qui étaient avec lui, l'odeur de peinture et de peau, me sentant tout à coup ensommeillée et molle – j'aimerais qu'il me porte sur son épaule, j'aimerais devenir un sac de ciment et qu'il me porte sur son épaule.

C'est dans ces moments doux que la prison me revient, comme un brusque rougissement du visage, j'entends la voix de Samuel qui ne dit jamais prison, il dit les camps, tu viens des camps, les camps c'était terrible, ce sont les grilles et le métal qui reviennent, le bruit du métal et le bruit des couloirs – les couloirs sont habités de bruits, des milliers de bestioles sans corps, juste une trépidation de pattes, des bruits sans corps pour vous pénétrer mieux. Se superpose alors, comme une image porno dans un dessin animé, se superpose un Yoïm subliminal et ténu qui disparaît dès que je me secoue, dès que j'agite la main pour faire cesser cette obscénité.

Ça passe. Je reprends couleur et vie. Je serre la main de Samuel et je suis de nouveau là, sous l'acacia avec lui.

Je suis sortie de prison un lundi. Samuel est venu me chercher, il avait tant œuvré pour me libérer qu'il semblait évident que ce fût lui qui se postât à la porte de la prison, que ce fût lui qui me fît monter avec mille précautions à l'arrière de sa voiture comme s'il était mon chauffeur ou mon ambulancier, qui posât mon havresac à côté de son siège et me dît, tu as un endroit où aller ?, et moi qui n'avais absolument pas pensé à ça, qui n'avais d'ailleurs pas pensé sortir un jour de cet enfer, qui m'étais simplement laissé porter par sa volonté, moi qui croyais encore que le monde était pour l'essentiel carnassier, que je n'avais rien à y faire, et que les hommes étaient tout particulièrement dangereux – et comment ne pas le penser quand Yoïm avait été votre premier amant –, je lui ai répondu, non je n'ai aucun endroit où aller.

Alors Samuel m'a emmenée chez lui. Ça m'a rendue un peu triste sur le coup comme si depuis toujours c'était cela qu'il avait en tête, me faire sortir de la prison et me conduire en ville jusqu'à son appartement. Je me répétais, de toute façon je n'ai rien d'autre à faire. Il y avait un soleil brillant, Samuel m'a tendu ses lunettes noires par-dessus son épaule, je les ai enfilées mais les particules de lumière ont continué de s'agiter et de danser la gigue devant mes yeux, allant partout où ma pupille allait, parasitant tout ce que je voyais de cette ville, m'empêchant de percevoir autre chose qu'une ville au second degré. Samuel a continué de parler en me jetant des coups d'œil dans le rétroviseur

– je ne cessais de me répéter, il faut qu'il regarde la route, on va s'encastrer sous un camion.

Samuel à l'époque n'habitait qu'à quelques kilomètres de la prison. Il vivait dans un appartement au second étage d'une résidence où sa mère occupait le dernier étage avec une terrasse pour ses chats – déambulation de félins sur les toits, le long des gouttières, des dizaines de chats tigrés aux yeux jaunes qui passaient devant les fenêtres de chez Samuel et entraient chez lui comme en terrain soumis. J'ai pensé, n'importe qui peut s'introduire dans l'appartement de Samuel en passant par les terrasses. J'ai croisé les bras et les ai serrés sur mon torse le plus fort possible.

Samuel a posé mon sac près de la porte, il m'a préparé à manger, des pâtes à la tomate et au fromage, il a mis la radio, caressé le ficus en effleurant ses feuilles tout en continuant de parler de son travail, de sa mère, de ce que nous allions faire plus tard – me dénicher une maison, un emploi, m'inscrire à la bibliothèque et à la cinémathèque –, ajoutant parfois, scandant presque d'ailleurs, je te donnerai un coup de main, et puis aussi, je t'emmènerai manger des glaces et assister à des spectacles de danse, tu auras un téléphone et peut-être un ordinateur et nous pourrons correspondre et je pourrai t'inviter et je te préparerai du canard à l'orange avec beaucoup de caramel, tu verras, ta vie va être si douce maintenant.

J'ai cru m'entendre répondre, et combien je te dois ?

Mais je me suis reprise, je ne voulais rien gâcher de cette belle matinée avec Samuel. Le salon était éclaboussé de soleil, les meubles étaient bas, il y avait des coussins, une télé par terre, des étagères de livres, un palmier, de la poussière qui tourbillonnait au ralenti dans les rayons du soleil, j'ai souri, je me suis dit, et si je restais ?, je me suis retournée et je l'ai vu venir vers moi avec le plateau, la sauce de soja, le vin blanc et la bière, les spaghettis et le petit bol de parmesan râpé, j'ai attrapé son regard qui me fuyait, j'étais encore perplexe du pouvoir que j'avais sur lui. Je me suis dit, Samuel a envie de s'occuper de moi. Il a caressé les deux chats qui se prélassaient dans le losange de soleil sur le parquet et il a répété, ce sont les chats de ma mère, comme si j'avais pu louper l'information.

L'après-midi, nous sommes montés jusqu'au dernier étage par l'escalier de service. Il avait la clé de chez sa mère mais avant d'entrer il a frappé trois coups courts et un long pour l'avertir de notre arrivée.

C'est dans la tiédeur de cet après-midi de mai que j'ai rencontré sa mère, cette vieille femme qui habitait presque exclusivement sur sa terrasse. Ce jour-là, elle avait des gants mauves, un arrosoir en plastique rose au bout de sa main mauve, un chapeau de paille et un air de très vieille femme, celle que j'aurais pu imaginer sans en croiser jamais, avec le visage fruit talé et l'odeur de poudre fade, la voix comme un filet tendu, une grâce angélique, quelqu'un qui ressemblerait à la figure idéale d'une très vieille mère. Mais quel âge avait-elle donc, à quel âge avait-elle pu avoir Samuel, je me suis demandé alors si j'allais oser poser cette question à Samuel, je ne pouvais pas l'interroger devant elle sur cette histoire qui avait trait à la ménopause et à l'enfantement tardif, aussi je n'ai rien dit, je suis restée là à les regarder avec ma question en suspens et j'ai fait des calculs invraisemblables où elle a fini par avoir cent vingt ans, alors j'ai recommencé.

Il ne lui a pas dit d'où il m'avait tirée, il a dit que j'étais une amie de retour d'un long voyage, nous avons mangé des biscuits au gingembre et sa mère a parlé de ses plantes et de ses chats jusqu'au crépuscule, j'ai fureté dans la bibliothèque et sur la terrasse, Samuel écoutait sa mère, remplissait quelques chèques, triait son courrier, elle lui resservait du thé, le questionnait sur son travail avec les enfants, l'école qui allait être excentrée, Samuel qui devrait peut-être déménager, alors elle a pris un air triste pour ajouter, fais pour le mieux, et elle l'a interrogé sur son autre travail, celui qui n'était pas rémunéré, avec ces pauvresses de la prison – elle ne pouvant à aucun moment faire le rapprochement entre les pauvresses de la prison et moi, les imaginant sans doute comme des guerrières ou des prostituées en résille –, les pauvresses qui prenaient tout son temps libre à Samuel (mais qu'en aurait-il fait de plus constructif de cette somme de temps, s'interrogeait-il lui-même). Et sa mère a secoué la tête, très légèrement affligée ou bien très légèrement perplexe, se demandant pourquoi son fils avait tant besoin de se dilapider, c'est ce qu'elle a dit, tu te dilapides, mon amour, tu te donnes corps et âme, et qu'as-tu en échange ?, et Samuel souriant gentiment à sa mère mais ne tentant pas de lui expliquer ce qu'il allait chercher au parloir des jeunes filles et pendant les cours de dessin qu'il leur dispensait, ne pouvant il est vrai pas deviser avec elle de son désespoir et de la vacuité du monde, abandonnant cette idée, ne cherchant même pas à lui dire, et toi que fais-tu donc avec tous tes chats ?, pourtant il aurait pu prononcer ces mots sans la moindre agressivité, avec le ton qu'il employait quand il s'adressait aux putes dans la prison et à moi-même, il nous parlait toujours si doucement, comme fatigué ou bien presque condescendant, et moi continuant de fureter, perdant pied un instant sur la terrasse, regardant tout en bas et pensant à la chute et à mon dos brisé, les entendant au-delà de mes pensées gaies, les entendant parler, lui qui disait, c'est pour M. Tang, ça ? tu es sûre que tu lui dois autant d'argent ?, et elle n'y prêtant pas garde, répétant, signe, signe, M. Tang est un homme honnête, mon sucre, elle l'appelant mon sucre ou mon beau garçon ou mon chéri, jamais Samuel, avec naturel et douceur comme si toujours elle l'avait appelé mon poussin, depuis qu'il était sorti d'elle, et que le nom de Samuel n'était qu'une convenance officielle qui n'entrait pas dans ses territoires, elle continuant de pérorer sur les tarots qu'elle tirait et qui prédisaient une longue vie à son fils, une longue vie de voyages, je vois toujours des voyages pour toi mon amour, et moi les regardant et les aimant déjà, tous les deux, me disant, on est bien ici, hésitant encore mais presque plus, me disant, il m'embrassera ce soir, je suis sûre qu'il voudra m'embrasser, et m'asseyant près d'eux avec un chat tigré sur les genoux qui enfonçait par intermittence ses griffes dans mes cuisses pris d'une sorte de spasme de confort, moi me demandant encore, Samuel saura-t-il me consoler ?, et m'endormant finalement sur le canapé, avec la voix de Samuel répétant à sa mère l'itinéraire de l'expédition imaginaire dont je revenais, sa voix comme la pluie de mars, qui me pénétrait et me promettait une floraison tardive.

Ils m'ont laissée dormir. Ils ont attendu auprès de moi et chuchoté pour ne pas perturber mon sommeil, j'avais l'impression de me débattre pour me réveiller, d'essayer de donner des coups de pied dans un fond sablonneux, et de vouloir échapper à la noyade. Mais en fait, Samuel me l'a rapporté plus tard, j'étais restée d'une immobilité de galet.

IV

Cette nuit, un peu plus de cinq ans après ma sortie de prison, dans la nuit qui suit ma nouvelle et fantomatique rencontre avec mon ancien amant, alors que Samuel qui vient de me baiser dort déjà dans notre chambre malgré le bruit délicat et régulier du store se balançant contre l'espagnolette – ce bruit qui ne le dérange pas, tandis que pour moi il prend une ampleur monstrueuse qui piétine le peu de sommeil que j'arrive à faire venir jusqu'à moi –, alors que je ferme les yeux et tente de me concentrer sur le silence autour du pouls du store, effrayée de percevoir l'insomnie rôder dans mes eaux profondes, alors que je crispe mes mains sur le drap, me fixant sur l'image d'un arbre ou d'un ruisseau – images qui, en général, éloignent le squale et me permettent le repos –, je ressens brutalement l'importance de me lever pour aller à la fenêtre de la cuisine vérifier ce dont je suis persuadée.

Je me dis, après tu pourras dormir.

J'ai d'abord du mal à bouger parce que je sais qu'il m'épie, je sais qu'il est derrière moi, je sais qu'il est tout autour de moi. Le vide en moi s'anime, le manque m'étouffe, tu m'as manqué, cela a à voir avec la douceur et avec l'attraction sexuelle.

Je finis par me lever, je vais dans la cuisine, je prends appui sur l'évier et je le vois tout de suite, je l'aperçois qui attend en fumant de l'autre côté de la rue, je vois Yoïm négligemment adossé au réverbère, les yeux ailleurs, ne regardant pas particulièrement la maison et moi derrière le rideau, fumant juste une cigarette comme si c'était une chose normale d'attendre sous un réverbère à 3 heures du matin dans ce quartier de petits pavillons avec jardinets et arbustes. Je reconnais son corps et son crâne, je reconnais sa taille et ses gestes, je reconnais sa pose – il sait que je le regarde, il le sait – et sa manière de fumer, je le reconnais comme j'ai reconnu sa silhouette fugitive tout à l'heure sous les acacias du zoo, mais là il n'y a plus aucun doute, il ne s'agit pas d'un fantôme de chaleur ou d'un miroitement malin, c'est bien lui dans toute sa réalité, je sens une légère explosion dans mon sternum, l'éclosion d'une fleur en gestation depuis très longtemps, qui juste attendait son heure pour agiter délicatement son pistil et disséminer dans mon sang son poison.

Je suis perdue dans la contemplation de ce geste, de cet automatisme, de cette machine à allumer, consumer, écraser. Sa silhouette fait renaître en moi cette attirance adolescente qui picotait mes cuisses et remontait vers ma gorge, j'en sens encore la chaleur entre mes jambes. Je fais un test. Je veux savoir si je me souviens de la peau de sa poitrine.

Il n'y a pas de doute, je m'en souviens toujours.

J'essaie de couper court aux discussions que je perçois dans mes entrailles – père mère frère et Vieille. Je reprends le nom de chacun de mes habitants, mon père ma mère mon petit frère la Vieille, je les scande à toute vitesse pour ne pas entendre leurs voix, pour faire du brouillage sur la ligne, ça se dispute là-dedans, ça donne son avis, ça me met en garde avec des accents hystériques, j'évacue la pensée de Yoïm, je ne sais même plus de qui j'ai peur, je vois les cheveux doux de mon petit frère qui brillent comme de la bauxite, je répète père mère frère Vieille, je les laisse gueuler et discutailler mais je ne les écoute pas. Je lutte contre la douceur et l'attraction sexuelle, tu m'as manqué, je pense à mon père à ma mère à mon petit frère, je pense à la Vieille, puis je retourne à mon petit frère – ses cheveux, ses plumes, son vélo et les rayons des roues qui me font cligner des yeux au soleil.

J'inspire j'expire. Je souffle. Je reprends pied.

En fait ce qui m'éblouit par intermittence c'est le scintillement aux oreilles de Yoïm et à ses doigts, alors je me dis en équilibre sur le rebord de l'évier, je me dis, c'est incroyable, il porte encore ses bijoux et ses breloques. Je reste à attendre qu'il parte, regardant luire paisiblement son crâne sous le réverbère, je sais que son attitude est menaçante, je le ressens très précisément à l'agitation affolée de certains de mes organes et à mes mains qui tremblent, j'attends qu'il parte mais il ne bouge pas. Je me dis, il faut me recoucher, je me dis, il ne faut pas que je reste éveillée, c'est avec l'insomnie que tout se chamboule, il faut dormir et oublier Yoïm, je ne peux pas lutter contre son retour mais je peux essayer de dormir, je verrai plus tard, je verrai demain, je verrai plus tard quand il fera jour, je verrai comment faire face à ce réel.

Au matin, quand je me lève, alors que j'ai l'impression d'avoir veillé toute la nuit derrière mes paupières closes, ma première pensée est la même que lorsque j'avais quinze ans, à l'époque où j'étais avec Yoïm, quand chaque matin je me dégageais du sommeil. Suis-je encore dépendante ? C'était la question que je me posais chaque matin. Suis-je encore dépendante ? Je m'interrogeais comme j'aurais pu me demander : ai-je encore mal au genou ? et puis juste après, presque simultanément, je grimaçais. Oui j'ai encore mal au genou.

V

Quand ma mère est morte, il y avait juste mon petit frère à la maison. Elle a fait une attaque, quelque chose dans le cerveau qui a explosé en laissant se répandre de précieux liquides, quelque chose qui aurait ressemblé à une bombe sous-marine, beaucoup de bruit et de tremblements dans la fosse, des bulles par milliards qui remontaient à la surface, ne désirant qu'une chose, s'échapper absolument et monter monter en bousculant tout ce qu'il y avait de vivant alentour pour enfin accéder à l'air et disparaître.

Je me suis dit, quel foutoir ça doit être là-dedans, toute cette mémoire en vrac et les neurones sens dessus dessous.

C'est ce que j'ai pensé quand je l'ai vue dans sa robe à fleurs jaunes – sa robe d'intérieur –, quand j'ai vu sa masse répandue sur le sol, son corps obèse et magnifique – oh oui quel bonheur d'avoir eu une mère qui aurait pu en être trois –, avec derrière tout ça les cris de mon petit frère qui tout à coup comprenait et sanglotait à se noyer – une voisine que je ne reconnaissais pas lui disant, respire respire – et mon père dans son uniforme qui parlait aux urgentistes, mon père qui gardait sa tête glaciaire, qui agissait, bien ancré dans le réel, pataugeant (se délectant ?) dans ce putain de réel, et je regardais le visage de ma mère et je me disais quelle horreur, mais je ne le pensais pas, je me disais juste, maman où es-tu, ça ce n'est que de la chair éteinte, du courant arrêté, un cafouillage d'organes, maman était ailleurs évidemment, pas très loin sans doute, elle n'avait pas eu le temps d'aller loin, dans une autre auberge, un autre corps qu'elle avait dû choisir délicieux cette fois-ci. Je restais là immobile et silencieuse pour ne pas mêler mon cri, deux fois un cri, à celui de mon petit frère, pour ne pas incommoder mon père qui se tenait bien droit dans son uniforme et qui parlait aux urgentistes pour vraiment ne rien dire et maman ne bougeait plus et ne bougerait plus, du moins ce corps massif, elle ne s'animerait plus dans sa robe d'intérieur tachée – je voyais la tache de crème au beurre sous son menton et je me disais, il faut nettoyer ça très vite sinon on ne pourra plus rien y faire et je me disais, il va l'enterrer avec cette robe ? et j'ai ajouté juste pour moi parce que je me rendais compte tout à coup de ce que signifiait sa disparition, je me rendais compte tout à coup du vide qu'allait laisser ce corps de mère en moi et dans cette maison, alors j'ai ajouté juste pour moi, merde merde merde, nous voilà tout seuls avec lui maintenant.

Samuel part à vélo ce matin.

Il dit qu'il y a un peu de vent et que ça lui fera plaisir de goûter à une petite brise, il dit vraiment ça : goûter à une petite brise. C'est stupéfiant de prononcer une phrase pareille à un âge aussi précoce... Je ricane en pensant, c'est une phrase à pantoufles. Puis je m'en veux. Après son départ, je reste tranquille dans la cuisine à boire du café et à écouter l'été. Je sens le poids de notre silence, le poids du mensonge que nous avons laissé s'étendre, il aurait été si simple qu'il me dise, ça n'a pas d'importance, je ne sais pas ce qui nous a pris, de toute façon, ce bébé nous allons l'avoir bientôt, n'est-ce pas ? alors ce n'est presque pas un mensonge ; et dans ce monde idéal, j'aurais opiné, j'aurais ri avec lui de la situation délicate où nous nous trouvions, et j'aurais opiné.

Je n'ai vraiment rien à faire. Je sens tout le temps stérile de cette journée d'été qui s'étend devant moi. Je me dis, j'essaie le zoo ou j'essaie le centre commercial. Mme Wanda ou la galerie climatisée. Le secret que je partage avec mes animaux ou le parking et le soleil qui y crépite. Je balance entre les deux. J'ai l'impression de choisir entre un magnifique accident de voiture ou une pendaison haut et court. Je me sens si bizarre ce matin avec le retour de Yoïm, sera-t-il ici ou plutôt là ? que je peux penser ce genre de choses en souriant. Je joue au cheveu le plus court – arracher deux cheveux, le premier est pour le zoo, le second pour la galerie.

Finalement je vais au centre commercial en voiture.

Je peux passer beaucoup de temps assise dans la voiture en plein soleil à regarder les gens aller et partir, remplir et vider leurs chariots, engueuler leurs gamins et tourner un moment pour trouver une place à l'ombre. J'y mets une patience policière. Je peux rester deux ou trois heures ainsi immobile derrière le pare-brise. Je peux même donner la durée moyenne d'une visite au centre commercial.

Je vois les mômes suivre leurs parents jusqu'à la voiture en creusant de plus en plus l'écart. Ils essaient de marcher et de manger une glace en même temps. Mais je suis convaincue que ça n'est pas possible avant huit ans, je me dis, ils ne peuvent pas y arriver, c'est une question qui a trait à l'évolution de l'espèce, je me répète donc, ils ne peuvent pas y arriver, et je secoue la tête. Je les regarde se poisser et s'inquiéter d'être tellement en retard, ils font des pauses au milieu du parking pour enrayer le marasme, ils suçotent le cornet, ce qui n'est bien sûr pas une solution, puis clopinent pour tenter de rejoindre leurs parents, ils n'osent même plus demander qu'on les attende, ils sont là, simplement à la traîne, à maculer leurs maillots et leurs sandales ; je vois les glaces goutter, fondre et se diluer dans toute cette chaleur, je vois les petits yeux effrayés de leurs victimes, j'ai très envie de sortir de la voiture et de les rassurer, les prendre dans mes bras et les rassurer mais je ne peux pas parce que je suis embusquée. Je ferme bien les fenêtres et j'attends de devenir liquide ; c'est une façon comme une autre d'éliminer tout ce qu'il y a de mauvais en moi ; ça passe par les pores de ma peau, s'évaporant aussitôt, disparaissant tout à fait.

Et ce jour-là, alors que ça fait déjà une heure que j'observe mes contemporains, tout à coup, une ombre noire se colle à ma vitre, brunissant tout alentour, occultant la partie gauche de mon univers, m'éborgnant avec violence. Je me fige, hurlant presque de surprise, ramenant mes mains vers ma bouche pour me faire taire, ressentant brutalement une fraîcheur de cave autour de moi, n'osant pas regarder. Je sais que c'est Yoïm, qu'il se penche sur la portière, les deux bras sur le toit de la voiture, je sais qu'il est là à me scruter derrière cette vitre et que je l'amuse, il doit se dire, elle est comme avant, elle n'a vraiment pas changé, j'ai envie de mugir, si, si, tout a changé, c'est pas parce que je reste enfermée dans ma bagnole en pleine cagnasse que tu pourras encore faire de moi ce que tu veux, mais je reste immobile en retrait de la portière, refusant de regarder vers lui et sa masse qui obstrue et me glace, mon Dieu qu'il est énorme, comment fait-il pour se déplacer encore, il toque à la vitre et je me tourne enfin vers lui avec une lenteur de caméléon, je suis bien décidée à ne pas lui ouvrir et, là, je vois son visage comme une lune et ses yeux sibériens, aigus, acérés, qui sourient, veulent sourire mais me donnent envie de crier, je sens qu'ils m'ont terriblement manqué, je pourrais m'affaisser maintenant et accepter son retour mais j'ai encore assez de force pour démarrer, je tourne la clé de contact, Yoïm se fige, son sourire (viens, n'aie pas peur) grimace, je passe la première et la voiture bondit, je me dis, il va s'accrocher à la carrosserie, il va m'empêcher de partir, il peut s'il le veut retenir cette voiture avec la force de ses bras et de ses jambes (oh ses jambes) ou alors il va se cramponner au capot comme un corbeau obèse et rester étalé là, scotché à l'engin, impossible de l'en déloger, je roulerai de plus en plus vite, il faudra le décoller de là, il faudra l'éliminer, je lui roulerai dessus, je gueulerai et je fermerai les yeux et je lui roulerai dessus. Mais rien de tout cela ne se passe, Yoïm recule, lève les bras comme sous la menace d'un gros calibre (l'innocence parfaite de ce geste, je vois ses mains et ses bagues qui brillent dans le soleil vertical), il y a un léger abandon dans sa posture, quelque chose de pacifique même, je le vois dans le rétroviseur, il me regarde partir, son crâne luit comme un casque, je suis déjà sortie du parking, je suis sur la route et j'aperçois encore trembloter sa silhouette gigantesque, il s'allume une cigarette et reste en plein sous le soleil, le nez en l'air (comme s'il avait passé des années en cage et qu'il pouvait enfin goûter l'été).

Je conduis jusqu'à la maison, le regard exorbité et le corps cassant comme du verre, je ne pleure pas parce que ce serait du soulagement et comment puis-je être soulagée alors que Yoïm est revenu et que je porte de nouveau mon cœur en sautoir.

VI

Quand mon petit frère a vu maman affalée dans le couloir, éboulée sur le parquet, il s'est approché d'elle et l'a appelée très fort dans les oreilles, je sais qu'il a fait ça parce qu'il me l'a raconté bien plus tard, il n'avait rien oublié de cette scène, il m'a même précisé qu'il avait soulevé les cheveux de maman et dégagé l'oreille pour qu'elle l'entende mieux. Bien sûr elle n'a pas réagi. Et puis comme il n'était encore qu'un petit animal, il a senti que quelque chose ne tournait pas rond, alors il s'est allongé sur elle – elle dans sa belle robe d'intérieur à fleurs jaunes que nous aimions tant mon petit frère et moi parce que, cette robe, elle nous disait simplement, ici c'est votre maison. Il est resté un moment ainsi, s'endormant même, les bras ballants le long des flancs de maman, la tête posée sur sa poitrine. Puis le téléphone a sonné et mon petit frère s'est réveillé. Il est allé jusqu'à l'appareil, le cheveu encore humide de la sueur de son sommeil, se grattouillant le cou, je le vois bien faire tout ça, c'était vraiment quelque chose de doux et de très touchant les réveils de mon petit frère. Et il est allé décrocher. C'était une amie de maman, Samantha – que mon père détestait comme toutes les amies de maman et qu'il détesterait plus encore puisqu'elle serait la messagère (le déclencheur ?) de son deuil –, et elle a demandé à parler à maman et mon petit frère a dit, elle dort, maman elle dort et Samantha a été étonnée parce que maman ne dormait jamais dans la journée, alors elle a demandé si maman était malade et mon petit frère a juste dit qu'elle ne se réveillait pas, il a dit, je peux la réveiller pas, elle beaucoup dort maman (mon frère agençait les mots au petit bonheur). Samantha lui a demandé d'attendre tranquillement à la maison, de rester près de maman, qu'elle arrivait tout de suite, oui oui tout de suite, a-t-elle répété et mon petit frère a dit, c'est chouette. Il a raccroché et il est retourné s'allonger sur l'estomac de maman.

Ce soir, le soir où Yoïm est apparu à la portière, Samuel ne rentre pas. Il m'appelle, je ne comprends pas bien de quoi il s'agit, il parle de réunion, de vélo, de collègue, je murmure en réponse, alors il demande, il y a quelque chose qui ne va pas ?, et là encore une fois, je me tais, je dis, rien rien tu me manques c'est tout. Je l'entends sourire – ça fait toujours un léger bruit de froissement de duvet – et il dit, il faut qu'on parle de ce bébé, Lili, il faut qu'on en parle. Je marmonne, confuse. Puis nous raccrochons et je reste un moment assise près du téléphone, penchée en avant, les mains autour de mes chevilles et les seins écrasés sur mes cuisses, en sentant l'ampleur et l'inutile beauté.

Je regarde le crépuscule sur les marches, écoutant de nouveau les cris de singes, me promettant de retourner au zoo dès le lendemain.

Quand le soleil disparaît derrière les bâtiments, je rentre dans la maison, je jette un coup d'œil à l'ombre bleue du jardin et je me barricade, je ferme les volets et les fenêtres, je me dis, il va venir ce soir.

Je prends un couteau dans la cuisine – rien de guerrier, celui simplement que j'utilise pour le poisson. Je vais m'asseoir dans la chambre et je reste au milieu de l'obscurité dans une immobilité insecte. Je perçois les rayons de lune qui percent les interstices, et les ombres mouvantes, l'acacia s'agitant doucement dans l'air du soir, j'écoute chaque craquement, la maison respirant et s'étirant comme le font les maisons la nuit.

Et puis je l'entends rôder autour de la maison. Entendre rôder quelqu'un c'est entendre son ombre et son silence. Je prends le manche du couteau dans ma main droite, je m'accroupis et je laisse gésir le couteau à terre et mon long bras au bout. J'attends et je le vois passer derrière les volets, j'entends son souffle et le bruissement de son pas, il marche dans les fraises sauvages qui poussent là et je lui en veux comme s'il s'agissait d'une malveillance et je me dis, cet homme a commis des actes horribles, je répète, assassinat, en faisant des pauses entre chaque syllabe, et il y a ses branchies qui font un léger bruit de clapet quand elles s'activent, j'appelle ma mère mon père mon petit frère à la rescousse et même la Vieille alors qu'elle ne peut vraiment rien y faire, c'est dans l'ordre des choses, et je me dis, il va me, parce que ma mère mon père mon petit frère et même la Vieille préfèrent se ratatiner et se rassembler au centre de mon corps, comme le sang par grand froid, et ils me disent, attention, il va te.

Yoïm s'approche de la porte de la cuisine et il secoue le volet, il ose secouer le volet, indignation, il ne veut pas vraiment entrer, ce n'est pas une clenche d'aluminium qui fait reculer Yoïm, il me prévient juste, je suis là, je suis venu te chercher, tu vas voir, je vais te consoler. Mais j'ai très peur de me tromper, qu'il entre tout de même, me trouve là, toute recroquevillée, le couteau pendouillant entre les cuisses – oh mes cuisses –, et qu'il m'emporte et me fasse subir les, qu'il m'emporte sur son dos, moi momifiée complètement et raide, qu'il m'emporte et me fasse subir les.

Je l'entends s'éloigner, comment deux cents kilos peuvent-ils tenir sur des pieds si réduits, c'est peut-être dû à cette bizarrerie son sautillement, ce déséquilibre dansant, il ne fait qu'incessamment rattraper sa chute, il écrabouille les herbes qui ne se relèveront plus, qui mettront bien deux mois à se remettre de cette lamination, il écrabouille les coquilles d'escargots qui font un petit bruit d'œuf dans la rosée nocturne, il se fout des vers luisants et des crapauds princesses, il ressort par la grille, elle était donc ouverte ? et si je sautais sur mes jambes et courais le rattraper, maintenant je suis prête, il faut lâcher couteau et me remettre en marche, j'ouvre le volet de la cuisine, l'air du soir me dessoûle, faites que Yoïm s'en retourne et me laisse à mes douceurs de vie, si je pouvais vaudou je l'expédierais au loin. Je n'ai pas lâché couteau. Je retourne m'asseoir.

VII

Mon petit frère a arrêté de parler quand ma mère est morte. Il ne répondait plus à nos questions que par de vagues hochements de tête et des coups d'œil ensommeillés comme s'il sortait d'un long assoupissement dans un cercueil de verre. Il s'était absenté, me semblait-il. J'ai attendu qu'il revienne. Mais sa parole l'avait déserté bel et bien.

Je me suis retrouvée unique interlocutrice du père.

Et comme il partait souvent, oh merci, avec son uniforme et son sérieux, à cause de sa vie d'inspecteur des postes – je l'imaginais toujours triant du courrier, des monceaux de lettres qu'il aurait examinées en transparence avec une minuscule lampe dévouée sur son bureau vernis écailles, qu'il aurait examinées pour deviner quelles menaces elles recelaient, ces lettres, mais, en fait, pas du tout, je me trompais complètement, notre père ne contrôlait aucune missive, il ne s'agissait pas de service postal, notre père inspectait simplement les autres gardiens du parti, des gardiens postés là, tout raides, à attendre d'être inspectés, à trembler d'être suspectés –, et comme il partait souvent, je me suis retrouvée seule avec le petit frère.

J'avais quatorze ans et dix ans me séparaient du petit. J'avais imaginé longtemps une série d'enfants morts, d'aiguilles à tricoter et de fuites sanglantes qui auraient expliqué les dix années infertiles. Un jour j'avais osé, j'en avais parlé à maman qui avait ri et trembloté de toutes parts, merveilleux flan à la groseille, et elle m'avait dit, non non ne t'inquiète pas, nous avions juste du mal à nous croiser, ton père et moi, pendant ces dix années. Je n'ai pas réussi à percer le mystère de ce non-croisement – une position sexuelle propice à l'engrossement ?

De toute façon, il y avait quelque chose d'incongru à les voir tous les deux, père et mère, l'un à côté de l'autre ; il était minuscule et maigre, sérieux et bleu marine, elle c'était une vraie prairie – cf. les robes à fleurs.

Quand maman est morte, le parti a laissé à papa une semaine de deuil, non non restez chez vous, organisez-vous, le parti ne vous veut qu'opérationnel à cent deux pour cent, ah ah. Il est donc resté et s'est organisé en vue de son prochain départ. Il a été prévenant. À l'excès. Il a fermé les volets et posé des barres de métal pour qu'on ne puisse pas les ouvrir, la seule fenêtre à ne pas être aveuglée fut celle de la cuisine, barreaux et moustiquaire. J'apercevais, en montant sur le tabouret, la terrasse et les cactus qui ne demandaient aucun soin. Je pouvais ainsi me percher sur le rebord de l'évier et regarder dehors, les pieds dans le bac avec l'eau qui gouttait.

Mon petit frère passait le nez à la porte de la cuisine, assis sur son tricycle, sourire sur les lèvres – il n'y avait que moi pour être convaincue qu'il s'agissait d'un sourire –, et je lui disais, oui oui mon tigre je suis encore à regarder dehors tu veux venir ? alors il poussait vraiment la porte, il grimpait sur le tabouret et sur l'évier, restait debout dans le bac le moins large et posait ses coudes sur le rebord de la fenêtre, la tête dans les mains, et nous regardions de concert les cactus et la terrasse en espérant peut-être une libellule ou un chat, je caressais le dos de mon frère en faisant des circuits avec mon doigt et en lui dessinant des mots courts ou simplement des lettres entre les omoplates. Nous restions ainsi. De toute façon, il n'y avait rien d'autre à faire.

Samuel ne reparle pas du bébé.

Je crois qu'il ne pourrait le faire qu'en me racontant un rêve – inventé si nécessaire – où le bébé et moi aurions une place, où il nous donnerait un rôle irréel, où il réussirait à me reparler de l'enfant, avec juste la table de la cuisine et les bols de café entre nous, avec juste la radio tout au fond et cet été de chaux vive. Mais il n'en a pas l'idée ou il n'ose pas.

Je retourne au zoo pour voir les gardiens asperger le couple d'éléphants et le brosser en échangeant des plaisanteries sur le temps ou leur travail mais pas sur les filles, ce n'est pas le lieu. Il y a dans l'air une viscosité particulière, comme une sueur du sol, une odeur de sel et de liqueur, de pisse aussi, des parfums de barbaque.

J'apprécie tellement la chaleur, ce qu'elle fait de moi quand elle me transforme chandelle et suif. Mon corps est plus présent l'été, alors, comme il l'est beaucoup trop, je ferme les yeux à demi en passant devant les vitres des voitures et des boutiques. À la maison je recouvre les miroirs pour que rien d'autre qu'un bout de mon visage ne soit visible – mon père nous interdisait toute relation avec notre reflet, il nous obligeait à uriner dans l'obscurité et à nous éclairer pauvrement lors de nos ablutions.

Pourquoi mes seins qui bougent sous ma robe noire quand je marche dans cette allée du zoo, pourquoi mes seins qui palpitent sous leur peau trop fragile et se frottent au tissu me noient totalement et m'infinient tristesse.

Yoïm est là, assis à la buvette du zoo, sous les acacias, je vais vers lui, enfin, avec tous mes seins qui soupirent, je vais vers lui, il est temps, assis devant sa bière, cette petite chaise vert forêt va-t-elle tenir encore, petite chaise vert forêt, ne t'écroule pas sous le poids de mon amant, je crois que j'en souris, alors je vais vers Yoïm, j'entends les perroquets qui s'engueulent au loin, et Yoïm baisse son journal et mon cœur se fige, chacun de mes gestes a une lenteur de scaphandrier, et mes seins se pétrifient de voir ses mains si larges, j'essaie de calmer mon monde, j'essaie de calmer mes choses. Je m'assois face à lui. Et il dit, parce qu'il me parle enfin avec cette voix que je n'ai plus entendue depuis si longtemps, depuis les camps, depuis mon père ma mère mon petit frère et depuis la Vieille surtout, il dit, la même chose ?, et comme je ne réponds pas parce que je ne comprends pas il interpelle la serveuse et recommande deux bières.

Je pose mes coudes sur la table de métal, je mets ma tête dans mes mains et je regarde plus loin, je gagne du temps, ça m'est impossible de garder les yeux fixés sur le visage de Yoïm. Je dis, tu es venu pour quoi exactement ? Il se met à rire et pour répondre il attend les bières et la serveuse. Exactement ? répète-t-il et il rit plus encore, sa viande tremble, oh mon ours, mon monstre, mon lamantin. Il allume une cigarette et poursuit, pour te reprendre, ma si belle, pour te reprendre. Et il arrête de rire et se penche en avant et je ferme les yeux pour renifler mieux.

VIII

Mon père m'avait donné des consignes.

Nous avions de quoi nous nourrir dans le frigo et dans les placards – du givré et du scorbutique –, nous n'avions donc pas à sortir, d'ailleurs, les clés, il ne nous les laisserait pas, en cas d'incendie, nous pouvions ouvrir la porte, mais en cas d'intempestif désir de fuir, nous ne pouvions plus la refermer – mon père était incapable d'imaginer que nous pourrions nous évader en laissant la porte ouverte, il avait de toute façon opéré sur nous pendant des années un précis travail de sape, mais où iriez-vous donc ?, il avait insisté si longtemps sur l'hostilité du monde et sur la méchanceté des gens qu'il n'avait plus maintenant qu'à souligner le danger que je ferais encourir à un enfant de quatre ans qui ne disait plus rien. Faites toujours très attention, et n'ouvrez sous aucun prétexte. J'avais quatorze ans, je ne savais pas désobéir, c'eût été pénétrer en des domaines inconnus, c'eût été violer des territoires ennemis, je n'étais pas sûre de ce que je trouverais au-delà de la terrasse et des cactus, j'imaginais des échangeurs d'autoroute, des humains carnassiers de toutes les couleurs, des enfants armés, et bien sûr personne pour comprendre ma langue, personne pour me donner à manger, des loups partout des loups.

Mon père nous avait donc convoqués, mon petit frère et moi, au terme de sa semaine de deuil, il nous avait fait tenir bien droit, menton levé, mais il avait fini par congédier mon frère qui produisait des bruits de bouche et se grattait les mollets, les moustiques, comprenez bien, les moustiques. J'étais donc restée seule, garde-à-vous, devant lui, et il avait glapi, en cas de besoin, en cas de maladie, en cas d'accident, en cas de fission nucléaire, en cas de nuage toxique, tu peux appeler ce numéro, c'est celui de la Demoiselle, mais attention, il ne s'agit pas de déranger la Demoiselle pour du bénin ou du vague à l'âme, non, non, seulement du sérieux, du concret, du solide.

Il se tenait là devant moi le plus droit possible, tout à côté de la fenêtre barricadée, en me récitant son couplet, à me parler de la Demoiselle – la Vieille –, bienfaitrice du parti, vieillarde embagousée qui j'en étais sûre dansait la gigue à la lune pleine, et le père était là, devant moi, dans son uniforme ridicule, tout luisant parce que si vieux, son uniforme de la Werhmacht déniché dans un surplus militaire que tenaient les jeunes cinglés du parti – même mon père les trouvait un rien dégénérés, pourtant, ils étaient le bras et la matraque. Je le regardais dans son bel uniforme, il me faisait peur et légèrement pitié et je martelais, tu n'es qu'une mouche un cafard une fourmi une araignée jaune, tu es insignifiant, peut-être vas-tu disparaître si je me concentre assez, j'entendais dans le fond de l'appartement mon petit frère qui faisait le moteur de biplan – s'envoler bien sûr – et qui augmentait l'intensité de son hélice quand il passait derrière la porte du salon où j'avais été convoquée, ne pas t'inquiète, Lili, je suis là, je suis loin pas, et je trépignais doucement, impatiente que le père s'en allât, gigotant et me trémoussant, coudes au corps, poings aux tétons. Mon père n'a rien remarqué de mon impatience – eût-il remarqué qu'il aurait pensé que je voulais uriner et ces choses-là, évidemment, ne se disent pas alors il a juste glapi, repos ! Et je m'en suis retournée, il s'est assis dans son uniforme qui brillait aux entournures, bien planté dans ses bottes, mais le regard un peu parti, rapport à sa Prairie, à l'attaque de sa Prairie, tout seul maintenant pour être le gardien des petits mais sentant tout de même sa poitrine maigre se gonfler au-delà de son excusable abattement, c'est mon devoir, se disait-il, et c'était un homme de devoir, un homme qui aimait ça le devoir, qui s'y plaisait vraiment.

Je sais très bien que revoir Yoïm maintenant, l'approcher si près, signifie me retrouver de nouveau satellite et perdue. C'est comme de lutter dans des sables mouvants, plus vous vous agitez, plus ils vous absorbent, mais jamais, non jamais plus haut que la poitrine, après vous avoir pour moitié englouti, ils vous étreignent le corps tant et si fort que vous mourez étouffé.

Après le départ du père, j'ai pensé, assise sur l'évier, l'œil sur les cactus, j'ai pensé que jamais je ne sortirais de cet appartement vivante. Je me suis dit, tu es encore toute petite, mais tu ne t'en sortiras pas.

Alors j'ai organisé mon suicide.

J'avais décidé de laisser mon frère ici, de ne pas l'emmener avec moi dans la mort, je me disais, il finira les gâteaux secs, je lui ouvrirai les boîtes de conserve et il pourra se débrouiller le temps que le père revienne. J'ai préparé des assiettes et des bols de nourriture dans le frigo, j'ai sorti les biscuits, j'ai ouvert tous les paquets – il ne savait pas trop bien se dépatouiller avec les emballages –, j'ai disposé les bouteilles d'eau, réparti les boîtes de céréales et les biscottes, construit de petits tas de gâteaux – piles de dix – et aligné les plaques de chocolat par terre sur le carrelage de la cuisine, je l'ai fait venir, je lui ai expliqué qu'il faudrait être économe, qu'il ne faudrait pas se goinfrer dès mon premier jour d'absence – vague coup d'œil soupçonneux du gamin –, qu'il faudrait se régler la vie parcimonie et qu'ainsi le père reviendrait vite remplir les placards, il suffisait au petit frère de continuer à faire du tricycle et de ne pas tout renverser, je lui conseillais de ne pénétrer dans la cuisine que pour regarder les cactus du haut de l'évier et afin de se sustenter, pour le reste, il valait mieux, me semblait-il, éloigner son véhicule de l'endroit de peur de confusion et de trop grand bordel – il a souri, je vous assure, quand j'ai dit « grand bordel » à cause de l'interdiction dont ce mot relevait et de l'infamie dont il regorgeait.

Sur ce, je lui ai demandé de l'aide pour mon suicide. Il a tenu le tabouret sur lequel j'ai grimpé pour accrocher une corde au lustre du salon. Je n'étais pas très sûre des nœuds que je faisais, je bricolais la chose mais je ne me souvenais pas qu'on pouvait se rater en se pendant – avec des médicaments oui, une amie de maman, honnie elle aussi par mon père, avait fini l'estomac récuré (j'imaginais javellisé) à l'hôpital du coin, une autre était restée avec des cicatrices de guerrière dans l'intérieur doux de ses poignets, je zyeutais la chose quand elle passait visiter maman et qu'elle buvait le café, je me plaçais de biais, un peu en arrière pour ne pas perdre de vue les traces encore sensibles qu'avait laissées sur ses poignets le départ impromptu de son indélicat amant.

Déjà à l'époque je me serais bien imaginé mourir d'amour pour quelqu'un mais je ne savais pas bien pour qui et je craignais que ma vie ne fût qu'un long chemin de pierrailles dont je ne pourrais m'écarter. Ces femmes devinrent mes héroïnes et maman plus encore quand elle laissa son cœur et son cerveau l'attaquer et qu'elle abandonna la place à tous ces flots de sang qui lui envahirent le crâne.

J'ai demandé au petit s'il allait s'ennuyer sans moi, je le regardais du haut de mon tabouret, il levait la tête pour me voir, les deux mains bien fixées au siège pour que je ne bascule pas tout de suite, sinon, mon tigre, ai-je insisté, je peux décadenasser la télé. La télé au placard était plombée comme un compteur à gaz. Impossible de l'allumer sans que le père ne s'en aperçoive – mais je pensais à bon escient que ce ne serait qu'un détail au vu de mon corps qui goutterait noir sur le parquet stratifié du salon de papa.

Il a secoué la tête, non, non, je pas m'ennuierai, et il a fait un geste de la main droite avec légère torsion du poignet, je m'occuperai, Lili, ne pas t'en fais. Je me suis alors demandé s'il fallait que je laisse un mot, c'était chose faisable et correcte, j'ai réfléchi et je me suis décidée à ne rien laisser, c'eût été finalement superflu, j'ai dit à mon petit frère, quand je te fais signe, pousse la chaise, je me suis mis la corde au cou, j'ai tiré un peu pour tester et ajouter du sérieux à mon entreprise, j'ai vidé ma tête de tout ce qui s'y chamaillait et j'ai juste répété, je veux mourir, je veux mourir, je veux mourir s'il vous plaît, je ne sais pas à qui je m'adressais mais ça me semblait plus sûr d'en faire la demande, je veux mourir s'il vous plaît, j'aurais même réussi en insistant à me faire pleurer, mon petit frère attendait mon signal, concentré, sourcil froncé naturellement, la lèvre inférieure tout entrée dans la bouche, je me suis dit, il ressemble encore à un bébé, mais je me suis reprise, j'ai lancé le signal, mon petit frère a fait basculer le tabouret, je suis restée à pendouiller un peu dans le vide, vive douleur à la gorge et à la nuque, puis j'ai entendu un grand craquement et le lustre s'est détaché du plafond et s'est effondré avec moi tout en dessous dans un vacarme de bombe, mon petit frère a fait un bond sur le côté pour ne pas être écrabouillé et tout était en vrac à terre, moi, la corde, le lustre, le tabouret et j'étais en colère d'avoir tout raté, j'étais enragée de ne pas être capable de mettre fin à mes jours, je ne voyais plus bien à quoi je pouvais attacher dorénavant cette foutue corde, je me sentais aveuglée, j'ai pensé, il faut que j'essaie autre chose, j'ai envoyé paître mon petit frère qui a battu en retraite dans la cuisine et je suis restée assise au milieu de mon désastre avec cette corde qui me sciait le cou et le portrait de Dodolphe qui me regardait faire du haut de son cadre à dorures.

Je me dis, je l'ai retrouvé, et quand je m'assois sur lui, que je sens sa queue me pénétrer tout entière et me soulever, je me dis, mais oui, c'est bien lui, je l'ai enfin retrouvé. Et je me concentre sur ce temps déjà presque en entier perdu.

IX

Je repasse ma robe noire par-dessus ma tête, me débattant un rien pour l'enfiler, la lissant sur mes hanches et mes cuisses et la regardant tomber sur moi, si noire si parfaite et intacte – comme si rien ne s'était passé dans cette chambre mauve. J'imagine qu'il reste allongé parce qu'il est obligé de plier le cou et de se faire bossu pour passer sous le plafond mauve ; il me fait signe de m'approcher. Il se penche vers son pantalon qui traîne à terre et il sort de sa poche trois cachets, il dit, à prendre le matin ma si belle, juste le matin. Et je tends la main vers lui et ouvre ma paume en attendant qu'il y dépose les trois cachets – ce n'est pas tout à fait moi qui effectue tous ces gestes, je regarde faire celle qui prend les cachets et les met dans la poche de sa robe, celle qui vient de coucher avec Yoïm alors que c'est strictement interdit, et je me dis, elle prend les cachetons, la pauvre, elle ne sait donc pas ce qui l'attend, je me dis, elle ne m'écoutera pas, impossible de la prévenir et je la regarde faire et je me dis encore, elle est si jolie avec ses os de mésange et ses chevilles et sa poitrine, elle est si jolie, j'espère qu'elle ne va pas tomber, je m'interroge, pourquoi ne lui demande-t-elle pas comment il l'a retrouvée, imagine-t-elle qu'il mentira de toute façon, pourquoi ne lui demande-t-elle rien, pourquoi fait-elle comme s'il ne l'avait pas abandonnée il y a de cela neuf ans, pourquoi donc n'est-elle pas en colère. Je la regarde, cette demoiselle perdue, ouvrir la porte de la chambre d'hôtel et sortir dans l'ondulation de la chaleur, dans toutes ces constellations de poussière qui se déposent sur sa robe noire et pénètrent jusqu'au fin fond noir de sa poche.

Quelqu'un a frappé à la porte de l'appartement barricadé. C'était le soir de ma tentative de mort par pendaison. Je n'ai pas entendu, c'est mon petit frère qui est venu me chercher, il est arrivé sur son tricycle, le sourcil froncé – mais tout le reste du visage démentait ce froncement parce que s'y lisait une grande excitation de nouveauté.

J'ai regardé par l'œilleton en montant sur le tabouret. C'était l'Indien qui vivait au-dessus de chez nous, le Paki, disait notre père, le Niac, le rastaquouère – maman les appelait la jolie famille indienne et elle ajoutait, par conviction peut-être mais pour emmerder le père tout autant, elle ajoutait, je leur parle, tu sais, je leur parle et ils sont tout à fait charmants.

L'homme luisait doucement dans la lumière de la cage d'escalier, il avait de grosses lunettes en plastique comme celles que portent les nonnes – elles ont toutes les mêmes lunettes, utilitaires et laides, elles les achètent par correspondance chez des opticiens pour nonnes, je suis sûre qu'elles ne sont même pas adaptées à leur vue, ce serait trop coquet et confortable –, mais sur lui elles étaient rassurantes, c'étaient les lunettes d'un père de famille, chauffeur de taxi, qui se foutait qu'elles aient un air de maladie, un air de saloperie à bec-de-lièvre, posées sur son nez tout gris. Il s'est tourné vers les marches qui montaient et il a dit, il n'y a personne, un murmure étouffé lui a répondu et une voix plus forte, plus basse, qui m'a parcouru l'échine, a dit, viens, remonte, on y retournera tout à l'heure. Je suis restée là derrière mon judas à frissonner en me repassant cette voix, à ne pas respirer pour que personne ne devine que nous étions enfermés là-dedans mon petit frère et moi, à me tortiller pour voir le plus longtemps possible le père de famille indien avec ses habits pâles et un peu chiffonnés qui regrimpait chez lui en emmenant le murmure étouffé et la voix basse et forte.

Je suis restée à soupirer sur mon tabouret, à regarder cet escalier poudroyer et à ressentir un immense abandon, la poitrine creuse qui résonnait comme un clocher ; j'ai sauté du tabouret, je suis passée devant mon petit frère qui semblait attristé que je n'aie pas eu le courage d'ouvrir cette putain de porte – judas et verrous, sécurité, chaînes et serrures, sécurité –, je suis retournée au salon où il y avait toujours ce lustre de bal qui gisait à terre avec des bouts de verre éparpillés partout, même dans mes cheveux, des brisures scintillantes, encore vivantes peut-être mais à jamais dissociées, vivez maintenant vos vies indépendantes, mon petit frère devait encore croire qu'il s'agissait de diamants alors il les regardait avec le respect qu'on doit aux choses précieuses, rares et imputrescibles et je me suis dit, de toute façon, il faut que je meure avant que papa rentre sinon il m'assommera à coups de pelle et je devrai payer ma vie durant ce joli lustre en faux diamants, inutile de camoufler le cadavre du lustre, j'entendais derrière moi la voix de mon petit frère qui aurait pu me dire, on peut le réparer pas ?, alors je lui ai répondu, papa sait toujours tout, nous sommes restés dans cette obscurité bienfaisante, assis tous deux en tailleur par terre pour ne pas abîmer les fauteuils, en sécurité derrière nos volets, à regarder ce gisant de faux cristal et moi surtout à attendre en bougeant le moins possible que le père de famille chauffeur de taxi redescende l'escalier et sonne de nouveau à notre porte de bunker en insistant assez pour que j'ose lui ouvrir.

Il y a précisément deux endroits qui me brûlent – me chauffent comme de la matière irradiée. C'est ce que je me dis en revenant à la maison et en passant sous l'acacia, il y a le fond de ma poche où les trois cachets cognent dans les ténèbres et il y a le fond de mon corps, là, exactement entre mes jambes, où j'ai me semble-t-il été hachée menu, mes os brisés et courbaturés – coinçant aux jointures –, avec ce liquide chaud s'écoulant doucement de mon sexe, poissant mes cuisses et se déversant de moi par à-coups comme d'un réservoir de foutre, dégoulinant le long de mes jambes, s'arrêtant un instant dans le creux de mon genou mais descendant plus bas jusqu'à mes sandales, sortant de moi comme du sang, même si j'aurais tant aimé tout garder dans la bassine de mon ventre, même si je souris et je devine mon visage lissé et heureux d'avoir baisé avec Yoïm. Je sens mon ventre et sa chaleur de four à pain, je reste à l'ombre de l'acacia et je glisse ma main sous ma robe pour m'approcher au plus près de cette brûlure de brique, je lui avais dit, laisse ma bouche te baiser, et je souris parce que je sais que la grâce m'abandonnera bientôt, que les cachets et la queue de Yoïm me tortureront de nouveau et que quelqu'un finira par se demander ce que je fous adossée à cet acacia la main droite pressée entre mes cuisses au milieu du fouillis de ma robe noire.

X

Samuel est rentré, j'avais changé de robe. Je l'ai serré dans mes bras pour ne pas qu'il m'abandonne – parce que l'affreuse petite fille que je ne suis pas vient de commettre l'irréparable en acceptant de suivre Yoïm à la sortie du zoo, en acceptant de s'asseoir près de lui dans sa voiture de location où il fait un froid de cave et en acceptant de se mettre nue et de le laisser la toucher dans cette chambre d'hôtel mauve.

Samuel me parle mais je ne suis plus tout à fait là.

Cette nuit je me lève pour regarder les animaux passer dans la rue. Il est exactement la même heure que la nuit où j'ai surpris leur défilé enchanté. Il est 3 h 45. Je me poste à la fenêtre avec un thé brûlant, je m'assois sur une chaise en plastique blanc et j'attends. C'est encore une nuit d'été piquetée d'étoiles, je ne veux pas sortir sur la véranda, parce que j'ai peur d'être dehors et d'être prise par l'odeur savoureuse de la terre assoupie et de déraisonner et de la présence possible de Yoïm dans l'ombre. Mais tout reste coi cette nuit, tout se tait, tout est dans une immobilité surnaturelle. Les animaux ne viennent pas. Je me dis, c'est normal, même moi, ils ne veulent pas que je les épie. Je laisse mon thé refroidir dans la porcelaine que je tiens dans le creux de mes mains. Je soupire alanguie en me repassant la nuit magique des animaux magiques, je soupire sur mon siège en plastique, j'aperçois juste la treille au-delà du jardin et les acacias, tous ces acacias dans la rue, je reste sans bouger et en retenant ma respiration, et je finis par tomber de mon siège en plastique blanc avec des miroitements devant les yeux et cette pulsation de bombe dans les tempes. Je m'appelle, pauvre fille, et je retourne me coucher.

L'Indien chauffeur de taxi père de famille était redescendu plus tard dans la soirée. Il devait faire presque nuit et quand il avait frappé à la porte nous avions quitté la veillée du lustre de verroterie en bondissant, mon frère et moi, nous nous étions précipités vers l'entrée avec des bruits étouffés de bagarre. J'étais la plus forte, c'est moi qui étais montée sur le tabouret. C'était bien le chauffeur de taxi avec ses lunettes en plastique. Mais au fond, sur les marches, il y avait un autre homme assis, une sorte de colosse monstrueux, un lamantin, m'étais-je dit, il avait de l'or partout sur lui, les poignets la poitrine les oreilles et les doigts, et il serrait sur ses genoux l'une des gamines du chauffeur de taxi – volants roses et dentelle. Il portait des lunettes de soleil, je m'étais dit, c'est louche, il fait sombre dans cette cage d'escalier, je m'étais répété, c'est louche, mais je n'arrivais pas à détacher mon regard de cet homme. J'avais fini par tourner la tête vers mon frère, il avait cet air profond et accablé de science qu'ont les enfants qui ne sourient ni ne parlent.

C'est à ce moment que le téléphone s'était mis à sonner. Et nous nous étions tous figés. Parce que nous l'avions tous entendu, les deux hommes et la petite fille rose de l'escalier comme mon frère et moi.

Notre père appelait – pendant sa semaine de deuil efficace, il avait changé notre numéro de téléphone pour qu'aucune des amies de cœur de maman ne puisse réapparaître et s'accaparer notre orphelinage.

Donc notre père appelait.

Je suis restée tendue, dans une panique qui me faisait statue, j'ai imploré mon petit frère du regard mais il m'a renvoyé mon regard en miroir. Ça sonne, a dit le Paki. Le colosse à la petite fille a répondu, j'entends.

Alors je suis descendue du tabouret et je suis allée répondre au téléphone dans le salon, j'ai enjambé les bris de verre et je me suis dit, qu'est-ce qu'il aurait fait le vieux si je n'avais pas répondu, il aurait rappliqué ? J'ai empoigné le téléphone et écrabouillé les bouts de verre. Oui ? Le vieux a juste dit, tu en as mis du temps. – Je préparais à manger dans la cuisine. – Tout va bien ? (Là j'ai tendu les deux oreilles, l'une pour savoir d'où le père appelait, cabine près d'autoroute, chambre d'hôtel à carte magnétique, ou petite place chez accueillant membre du parti, non, non, installez-vous sous l'escalier, c'est à côté de la chaudière, ah, ah, vous serez bien ; l'autre oreille, la droite, la meilleure, pour savoir si les deux hommes et la fillette sur le palier étaient toujours là, s'ils pouvaient entendre mon embryon pas viable de conversation téléphonique.) – Ça va. – Vous n'avez besoin de rien ? – Non non. – Je reviens la semaine prochaine. Mercredi. J'aurai des trucs. – Ah ? (Je ne voyais pas de quoi il parlait.) – Comment va le petit ? – Parle pas. – Ah ? – Oui. – Bon je vais y aller. – Oui. – À plus tard. – Oui. – Je rappellerai. – Oui d'accord. – À mercredi de toute façon. – Oui c'est ça à mercredi de toute façon. (Moi, sur un pied, tirant sur le fil, essayant de voir l'entrée et la porte, apercevant mon petit frère grimpé sur le tabouret et sur le gros livre, le seul de la maison, qui zyeute par le judas en tortillant son cul maigre de gamin dans sa culotte de cuir, moi raccrochant et filant vers la porte, déterminée cette fois, empoignant le petit frère par la taille pour le faire descendre, poussant du pied le tabouret Formica bleu vaisselle et le gros livre et déboutonnant déverrouillant déchaînant défermant décadenassant cette porte d'abri antiatomique – construisez vous-même un abri antiatomique dans votre jardin, non non, pas sur votre terrasse, ça ne tiendra pas avec tous vos cactus, achetez-vous un jardin et plantez-y un bunker – et ouvrant enfin dans ce tintamarre de métal la porte en grand, me disant, mais ça pue chez nous, ça a fini par puer, par sentir le moisi, le renfermé, le pas frais, ça sent la respiration et les pets, ça sent la bouffe et le pas bien propre, alors que sur le palier, mon Dieu, ça sentait le dehors et l'air et le curry et le produit Javel odeur fleurie, ça sentait le tabac et le soir.)

Yoïm m'a raconté que quand j'ai ouvert le bunker et qu'il nous a vus mon petit frère et moi, mon petit frère en tenue tyrolienne avec la raie sur le côté et sa blondeur brillante et son regard métal froid, et moi, en culotte, pas de jupe tyrolienne, en culotte oui avec mes branches et mes jambes et mon maillot kaki taché et les bouts de verre encore qui faisaient comme des paillettes de quartz dans mes cheveux, avec mes seins, amorces de seins, qui pointaient sous le maillot kaki taché et mon teint d'olive et mes cheveux noirs comme ceux du petit étaient blonds, Yoïm m'a raconté qu'il n'a presque vu que moi dans l'ombre du corridor, il n'a vu que moi qui sortais de l'obscurité et il a pensé, quelle bombe.

XI

J'aime la petite ville où nous habitons Samuel et moi parce qu'il y a un zoo et un centre commercial, parce qu'elle est longue et s'étend sur des kilomètres de pavillons à jardinet avec des ruelles et des ronces tout au fond des jardinets, parce qu'il y a cette école où Samuel enseigne et une gare où sa mère débarque quand elle vient nous voir (avec son parapluie toujours son parapluie et ses dents en or qui clignotent quand elle sourit, elle descend du train et remercie comme une duchesse la personne qui l'a aidée à descendre, elle est admirable de douceur et de distinction comme un vieil immeuble à décorum et elle nous attend sur le quai et se dirige vers nous à pas menus quand elle nous aperçoit, elle vient nous voir pour l'après-midi, et le soir elle dort chez sa vieille amie Rose qui habite la même ville que Samuel et moi, d'une pierre deux coups, dit-elle toujours, j'aime bien quand elle dit ça puisqu'elle le dit toujours, elle nous parle du père de Samuel et de la guerre – des anecdotes qui ne m'éclairent en rien pour deviner de quelle guerre il s'agit –, elle est assise avec Samuel à la table devant la porte-fenêtre ouverte sur le jardin. Elle dégage cette odeur douce et sucrée et je sens Samuel qui s'ennuie mais qui ferait n'importe quoi pour que la visite qu'elle nous fait deux fois par mois se passe le plus paisiblement possible, Samuel qui a une manière assez élégante et affectueuse de s'ennuyer. Comme souvent donc elle parle de la guerre et raconte que sa mère lui mettait des rubans patriotiques dans les cheveux et la laissait seule toute la journée pendant qu'elle travaillait à l'usine d'armement. Elle parle du Noir qu'il y avait dans son village – un homme de couleur, dit-elle – et qu'elle trouvait très séduisant – elle aurait rêvé avoir des bébés métissés. Samuel commente ce qu'elle raconte et lui rappelle des détails qu'elle a oubliés. J'aime les regarder jouer. Samuel se ressert du vin de tilleul – du très vieux vin de tilleul, il n'y a plus de tilleuls dans nos contrées maintenant –, hésitant un peu et perdant le fil tout à coup du récit de sa mère, ne se rendant pas même compte qu'elle se met à dérailler. Je regarde Samuel qui se ressert du vin de tilleul, je pense à mon père qui en buvait toujours dans de petits verres épais, debout, dans l'encoignure de la porte de la cuisine, il levait le bras et rejetait la tête en arrière d'un coup sec, avalant d'une lampée suivie d'un claquement du palais et se brûlant la gorge avec délectation, je regarde Samuel boire et laisser, pendant tout ce temps, sa mère si vieille et si ridée dérailler doucement). J'aime la petite ville où nous habitons parce que, dans cette ville, personne ne me connaît et parce qu'elle est très loin de la ville où j'habitais avec mon père ma mère et mon petit frère, et parce qu'elle est très loin de la prison, parce qu'elle est très au sud, qu'il y fait cette chaleur de plâtre brûlant et parce que j'avais été sûre pendant longtemps que jamais Yoïm ne m'y retrouverait.

Le père chauffeur de taxi a juste dit, mais vous êtes tout seuls ? et comme ni mon petit frère muet ni moi-même n'avons répondu, éberlués encore par cette bonne odeur de vie, il a ajouté, mais depuis quand vous êtes tout seuls ?, il s'est tourné vers le lamantin dans l'escalier et il lui a lancé, on peut pas les laisser là. Il voulait le convaincre et le rassurer peut-être, prévenir les reproches et les « de quoi te mêles-tu donc ? ». Moi je ne voyais que les yeux du lamantin fixés sur moi, son énormité et sa sueur, toutes choses me bousculant le cœur, et j'attendais qu'il se mît à parler pour entendre encore cette voix sombre et basse et forte. Et l'Indien chauffeur de taxi a dit, vous voulez monter ? il a ajouté, j'étais descendu pour vous emmener voir un truc là-haut. Mais je ne pouvais pas répondre occupée que j'étais à tomber amoureuse du colosse dans la moiteur de cet escalier, j'ai entendu mon petit frère qui pensait, oui oui on peut rester toujours ? je veux voir papa plus, il est mauvais et il est triste, mon petit frère m'a pris la main et il s'est avancé vers le monsieur indien et celui-ci a souri comme on sourit aux tourterelles qui mangent dans votre paume ; j'ai dit, mais on ne peut pas fermer la porte, et le colosse a répondu, parce qu'il y a quelque chose à piquer chez vous ? et il a ajouté plus gentiment, t'en fais pas, ma princesse, je redescendrai avec un cadenas si tu n'as pas les clés de chez toi. Il s'est levé, la petite rose coincée sur l'avant-bras, il a grimpé l'escalier avec ses pas légers légers (de cambrioleur), et nous l'avons suivi, et l'Indien, je suis M. Dira, nous a encore souri et j'ai monté cet escalier en tenant fermement mon petit frère qui n'avait toujours pas peur, j'étais pieds nus, bien sûr, et je sentais la fraîcheur du carrelage sous la plante de mes pieds et je montais dans leur sillage.

M. Dira m'a emmenée dans la chambre de Hanif, son garçon, et il m'a montré sous le tapis le trou par lequel je pouvais voir notre salon (et c'était d'ailleurs magique d'apercevoir par cet accroc un bout du parquet stratifié de papa et le miroitement des éclats de verre dans l'ombre). Toute préoccupée par le lustre démantibulé, je n'avais pas remarqué que se mêlaient gravats et plâtre à mes perles scintillantes, je n'avais pas remarqué que j'avais arraché une partie du plafond. J'ai eu très peur de la réaction de notre père, je me suis dit de nouveau, il faut que je meure avant mercredi. J'ai serré la main du petit frère en me disant, voilà une bonne famille pour l'adopter.

XII

Je vais au zoo, je le vois assis sur la chaise vert forêt et je viens tout près pour me frotter à lui. À le trouver toujours ainsi dans le bruissement des acacias avec les perroquets pas loin, je me sens devenir liquide et acide. Tout le long du chemin avant d'apercevoir sa silhouette, je devine mon sang charriant des substances piquantes et ma sueur se déposant dans le creux de mes mains et naturellement dans l'intime de mes cuisses.

Il m'emmène dans sa voiture glacée et dans la chambre mauve, il construit autour de moi sa barrière. Il me jette des coups d'œil rapides pendant qu'il conduit, des coups d'œil furtifs et glissants avec ses pupilles d'éthéromane.

Quand je repars, un peu plus captive encore, il me donne trois cachets que je fourre dans les poches de ma robe et que je prends chaque matin puisqu'il me l'a demandé. Je me dis, ce sont des saloperies, il est revenu avec ses saloperies mais je veux les sentir fondre à l'intérieur, je veux les absorber et me sentir si molle et douce et belle (lui me disant tu es molle et belle et douce et moi retirant ma robe pour qu'il me voie nue et parce que je veux lui montrer combien je suis molle et belle et douce et je m'assois sur lui et je m'allonge sur lui et je crois que mes os vont craquer, et l'ardent de mon cul qui ne faisait qu'attendre, et ma mémoire enfin qui me parle de ses mains et de sa bite).

Alors je prends les cachets, les arc-en-ciel et les miracles, je me dis, il traficote toujours, je vais finir par y retourner en cage, il va trouver une Vieille et ça recommencera. Mais je n'ai pas peur, je n'ai plus peur de rien.

M. Dira nous a fait venir dans leur salle à manger, il nous a présentés à Mme Dira et à Hanif collé à la télé, puis il a dit que le colosse s'appelait Yoïm – serrement de main, ma main moite abandonnée à la patte de Yoïm, je ne sais pas comment on serre la main, je sais juste me mettre au garde-à-vous – et la petite Didi dans ses dentelles qui se cachait dans le cou de Yoïm, elle l'adore, dit M. Dira, elle ne le quitte jamais, j'ai pensé, c'est comme un badge, j'ai pensé à une épingle.

Nos tenues vestimentaires – petit frère muet avec short cuir, broderies edelweiss et moi culotte et maillot camouflage – ne semblaient déranger personne. Mme Dira nous souriait beaucoup ; j'ai eu très envie de pleurer et de me plonger dans son sari et de lui raconter que j'allais mourir avant mercredi et combien ma mère me manquait. Je ne l'ai pas fait ; j'ai eu peur de les effrayer ; tout au fond il y avait la voix de mon père qui me répétait, méfie-toi de ces rastaquouères, ils essaieront d'avoir des informations sur le parti, et ils viendront nous chercher dans nos redoutes et ils nous traîneront sur la grand-place et ils nous brûleront. Je ne voyais même pas de quelle place il parlait, je ne comprenais pas toujours de quoi il retournait, la voix de mon père, c'était comme un fond sonore qui criaillerait, vinyle avec craquements, discours de Dodolphe avec marionnettiste.

Je crois qu'à un moment M. Dira a dit à sa femme, ce sont les enfants du cinglé. Mais elle a continué à nous sourire dans son sari qui scintillait comme du sable ; la nuit tombait et elle est allée mettre la table, elle a sifflé Hanif toujours collé à son écran couleurs par millions pour qu'il vienne l'aider. Je me suis dit, on va manger avec eux, j'ai entendu la voix de mon père dire, ils vont vous empoisonner, ils bouffent du chien, ils vont vous droguer, attention, attention (voyant rouge accompagné de glapissements), mais mon petit frère est allé s'installer devant la télé et j'ai eu confiance en lui, en son instinct de bébé rongeur.

M. Dira a dit, on mange toujours très tôt parce que après je pars travailler, j'ai fait, ah oui ? bien poliment. Il m'a regardée de derrière ses lunettes en plastique marronnasses, je suis chauffeur de taxi la nuit, m'a-t-il informée. Je lui ai souri et je me suis dit, ça doit être terriblement dangereux (mon père rapportait toujours des histoires de chauffeur de taxi assassiné sauvage à la hache ou étranglé avec les lacets de leurs chaussures et il ajoutait systématiquement, c'est pour ça que je suis équipé, en indiquant du menton son arsenal – en général, maman pleurait dans la cuisine, son astre de visage ruisselant de larmes qu'elle léchait quand elles arrivaient à la commissure de ses lèvres, et je me disais, papa a plein d'armes mais il ne risque rien et maman pleure tout le temps, et j'essayais désespérément d'agencer les éléments ensemble, de construire quelque chose, n'importe quoi, une tour ou un pont, avec tous ces petits cubes multicolores, mais ça ne tenait pas, je ne comprenais rien à l'organisation du monde).

Alors j'ai demandé, vous êtes armé ? et M. Dira a regardé Mme Dira et Yoïm, il a éclaté de rire, non, non, tu sais, il n'y a pas tant de brigands que cela. Et il a ajouté, allez, mangez avec nous, vous redescendrez après dans votre caverne.

Yoïm a gardé la petite rose sur les genoux, M. Dira faisait d'infimes clignements d'œil à Mme Dira qui toujours souriait et je me disais, il y a manigance, mais je me sentais tellement reposée d'être enfin arrivée quelque part et de manger autre chose que des œufs et des biscottes et des biscuits et des chips. Même s'il y avait trop de piments et d'épices ici ; toute cette brûlante nourriture interdite me donnait envie de pleurer. À un moment, Yoïm m'a regardée et il a demandé, c'est quoi la marque que tu as dans le cou, ma princesse, j'ai porté la main à mon cou, et il a ajouté, t'aurais pas essayé de te pendre au lustre pour en finir ? Mme Dira a pris un air sérieux et elle a fait tourner en tous sens ses beaux yeux de girafe, elle a dit, tu n'es pas obligée de répondre. J'ai marmonné et rougi et je me suis concentrée sur les bougies et tentures et sur les napperons qui recouvraient tous les meubles.

Alors M. Dira s'est levé, bon, j'y vais, et vers nous, plus doucement, je vous raccompagne ?, et j'ai pensé, il ne nous a pas posé de questions, il n'a même pas demandé où étaient père, mère ou tuteur légal.

On s'occupera du trou demain, a-t-il dit. Je n'ai pas compris de quoi il parlait, je me suis dit, il va me perforer la chair, il veut me creuser pour tout savoir. Et ma tête a tourné. Je suis redescendue avec mon petit frère et nous sommes restés d'une absolue tristesse, tous les deux, assis dans le salon. On s'est couchés par terre sous le portrait de Dodolphe avec des coussins et les os du corps qui nous perçaient la peau sur le parquet de papa, on s'est coincés l'un dans l'autre, chien et fusil, et j'ai pleuré, et je me disais, je vais avoir le même défaut que maman, je vais pleurer tout le temps moi aussi, la nuit était tombée et je pensais à M. Dira dans son taxi – bimbeloterie plastique et musique de là-bas – et je pensais à Yoïm et je n'arrivais pas à comprendre ce qu'il fabriquait dans ce tableau familial, je pensais à Yoïm et je me sentais frémissante.

C'est Yoïm qui est descendu le lendemain matin. Il a frappé et j'ai ouvert, il a regardé l'état du salon et il n'a rien dit, rapport à Dodolphe et à l'arsenal – qui en partie seulement s'affichait dans le salon sous vitrine à serrures multiples –, il a juste dit, faudrait aérer. Il est remonté et il est revenu avec du matériel pour réparer plâtre, carton et papier mâché (c'est du papier mâché vos putains de baraques dans le coin, *dixit* mon héros), il a rafistolé le lustre avec du fil de fer et des soudures, ça n'a pas donné grand-chose, on aurait dit une perruque géante après électrocution, mais on le regardait faire, mon petit frère et moi, et j'entendais mon petit frère dire, il est magnifique, il est fort, il est fort plus que moi, il est fort plus que papa. Je me sentais très fière comme si Yoïm était à moi. Son regard me faisait tortiller du cul quand j'allais à la cuisine chercher les glaçons, le citron et l'eau du robinet. Nous avons fêté le résultat, s'il ouvre jamais les volets, votre père, il y verra que du feu, on est restés un moment tous les trois à regarder le lustre, je vous ramènerai des ampoules, et je me suis dit, il va vouloir quelque chose en échange de son service, je ne savais pas bien quoi lui donner, ça me tournait dans la tête, alors je suis allée dans la chambre du père, j'ai cherché dans la penderie et j'ai trouvé les fusils et les grenades et les pistolets et j'ai ramené un joli pistolet tout noir à Yoïm, il m'a regardée faire et il a solennellement accepté mon paiement, il a dit, bel objet, et il m'a touché les cheveux et j'ai frétillé comme une truite en plein soleil.

XIII

Tant que maman a été là, notre père n'a réussi qu'une fois à lui imposer une réunion de son comité. Il avait dit, le parti vient à la maison.

Il avait prononcé ces mots un soir dans la cuisine alors que mon petit frère et moi nous dînions à la table, le petit frère essayant de ne pas manger le gras du jambon – il faut manger tout ce qu'on te donne, pense aux enfants qui meurent, aux enfants dans la guerre, mange tout, même ce qui te dégoûte –, laissant tomber à terre sur le lino ses minuscules bouts de jambon disgraciés, les éparpillant, les écrabouillant avec ses chaussons bleus, tentant de les faire disparaître dans le lino comme si finalement le plastique marron allait les avaler pour lui, les absorber comme le sable l'eau de mer. Je lui faisais des signes pour qu'il arrête ; il allait encore finir par se faire choper, le père hurlerait, le forcerait à ne manger que le gras du jambon, la croûte des fromages, la couenne du lard et la peau des pommes, toutes choses à la frontière du mangeable qui faisaient vomir mon petit frère et empester son placard punition.

Maman a remarqué le manège du petit frère, elle s'est postée devant la table pour le cacher à la vue du vieux et elle a dit, comme elle faisait toujours, avec beaucoup de grâce et d'étonnement sincère, elle a dit, quel parti ?

J'ai pouffé dans mon assiette, fait semblant de m'étouffer pour camoufler mon hilarité.

Elle pouvait avoir un tel aplomb en lui demandant, quel parti ?, alors qu'il était là, dans l'encadrement de la porte, dans son uniforme, sans ses bottes tout de même, mais dans son uniforme, toujours prêt, toujours opérationnel – dormait-il la nuit près d'elle dans son uniforme, attendait-il dans ses insomnies que la sirène de la caserne des pompiers retentît pour l'appeler immédiatement sur les champs de bataille, attendait-il le clairon pour premier assaut, se dénudait-il un rien, juste le bas, juste le pantalon ôté, plié sur la chaise, lustré, avec sa brillance de vieux fil ?, impossible de le savoir, la chambre des parents était interdite, rigoureusement interdite d'accès et ce tout particulièrement après le coucher du soleil, ils finissaient tous deux par s'y enfermer, maman soupirait toujours, je l'entendais se dégonfler derrière la porte quand il poussait le verrou. Et moi je pensais, elle soupire pourquoi, elle soupire d'ennui ?

Ce soir-là, le vieux ne s'est pas énervé – ma pouliche, arrête de faire la maligne –, il est resté stoïque, il a expliqué de quoi il retournait, ils ne seront pas nombreux, a-t-il dit, mais il y aura de hauts responsables (tremblements dans la voix, infinie allégeance) alors il faudra faire bonne figure, habiller et coiffer les enfants, tenue de parade, nattes pour la fille, raie côté pour petit frère.

Maman a écouté calmement sans bouger, ce sera quand, ces gentilles festivités ? a-t-elle demandé et elle a ajouté, et c'est en l'honneur de quoi exactement que nous recevons tous ces héros dans notre trois pièces. Le vieux a eu l'air chagriné, rébellion de la pouliche, il s'est embourbé dans sa mélasse, il a dit, ils viennent visiter chaque membre du parti, et puis cette fois-ci, c'est moi qui parraine un nouveau, alors ils viennent ici en débattre, tu comprends. Maman comprenait, elle a reniflé avec un léger mépris et une sorte d'affliction – le désarroi dans lequel elle se sentait paralysée chaque jour un peu plus, ça n'avait rien d'un effroi, oh non, c'était l'insidieuse vermine de sa tristesse. Et moi j'ai pensé, mais pourquoi elle ne refuse pas, pourquoi elle ne s'oppose pas à toutes ces simagrées. Je l'ai regardée, elle avait un air si malheureux.

Nous sommes restés immobiles mon petit frère et moi jusqu'à la sortie du vieux de l'encadrement de la porte – retourne donc à ton fauteuil cuir craquant avec Dodolphe punaisé sur papier peint et documentaire animalier, antilope et grands fauves, sur télé. Quand il a disparu dans le salon obscur, nous avons recommencé à respirer, mon petit frère et moi, c'était plus fort que nous parfois, quand le vieux était là, on retenait notre souffle – comme pour parer dégâts pollution, contamination, mauvaises odeurs – et on se regardait droit dans les yeux. On finissait par avoir terriblement envie de rire. Nos visages grimaçaient, se contractaient, le petit frère levait les yeux au ciel, avec la jolie peau de ses joues lisses qui se gonflait.

Puis le vieux disparaissait, nous vidions nos poumons.

Maman m'a dit, je ne peux pas me pencher, veux-tu bien nettoyer les cochonneries de Loulou ?, elle a caressé les cheveux – les plumes – du petit, et elle m'a souri puis elle a ajouté, je sais ce que je vais leur préparer à tous ces affreux. Sa poitrine a vibré sous l'effet de son rire, j'étais accroupie sous la table à passer un coup d'éponge sur le sol et je voyais son corps comme un astre et sa robe à fleurs, des milliards de fleurs microscopiques pour recouvrir toute son ample personne, et je me suis dit, les seins de maman, je crois que c'est ce qu'il y a de plus beau, ça m'a donné envie de pleurer de penser à ça, accroupie sous cette table, parce que, je me souviens très bien, j'ai eu peur qu'elle ne meure ; j'aurais voulu la mettre en garde, lui dire, mange moins de beurre et de crème, et de flan, et de gâteaux sucre glace, et de douceurs, mange moins de tout ça, maman, sinon ils vont finir par te tuer, tous tes moelleux au miel.

Le père avait ciré ses bottes, nous avait passés à l'inspection, peignant lui-même le petit frère qui pleurnichait en disant, ça fait mal, pendant que le vieux lui plaquait les cheveux avec de la cire, et moi à côté, avec mes deux nattes et ma maigreur d'araignée (oui, mais une très jolie araignée, disait maman, une araignée très délicate, une araignée du soir), moi qui me disais, ce n'est pas grave, de toute façon, on va tous mourir bientôt, ce n'est pas si grave, avec à l'intérieur de la poitrine un gouffre insondable qui ne se remplissait que quand j'entendais maman dans la cuisine, enfermée à triple tour, on n'entre pas, je ne veux personne dans mes pattes, maman qui mitonnait et accommodait – une surprise – pour tous ces nazillons du parti de papa, qui ne laissait échapper de ses préparatifs que des filets d'odeur terrible et des chocs d'aluminium et des chantonnements concentrés.

Le vieux avait le visage livide, le blanc des yeux variqueux, et les pupilles dilatées, il était excité et ridicule, je me suis dit, il ne devrait pas se montrer devant nous aussi terrorisé, je ricanais tout à l'intérieur et sans un bruit, monsieur perd de sa superbe, si tant est qu'un jour il en ait eu.

Et puis la première sonnerie a retenti et le défilé a commencé.

Ils vinrent presque ponctuellement par groupes de deux ou trois, ils finirent par être onze dont une femme – cheveux courts, genre institutrice petite section, éclat cinglé dans yeux bleu-gris, c'était elle qui m'intéressait le plus. Nous les avons détaillés, mon frère et moi, cachés dans l'encoignure de la porte de notre chambre, je lui décrivais leur tenue, apparat, bottes et casquettes, le père les recevait, s'inclinait, bafouillait, à la fois chaleureux et servile, obligeant et compassé, je disais au petit frère, tu vois tous ces gens, ils veulent mettre dans des chambres à gaz la moitié de la planète (je savais que ce genre de phrase faisait son effet, je voyais les yeux terrifiés et curieux du gamin, il s'imaginait un vaste dortoir sans fenêtre avec d'énormes cuisinières, four béant, porte grande ouverte, laissant échapper dans un sifflement le gaz de ville qui, en temps normal, servait juste à faire bouillir l'eau et rôtir la pintade).

Je ne me souviens pas avoir jamais cru aux foutaises de notre père – à cause du travail de subversion douce de maman peut-être. Alors je passais mon temps à secouer l'endormissement de mon petit frère et à tourner en ridicule les lubies du vieux. Souvent je posais deux doigts sous mon nez pour la moustache et la main bien à plat sur mon front pour la mèche, et je me mettais à aboyer comme un roquet, ce qui faisait hurler de rire le petit qui glapissait en chantonnant, c'est Dodolphe, c'est Dodolphe.

Ils se sont tous retrouvés dans le salon, chaises rustiques et fauteuils cuir craquant, autour de la desserte, dentelles, points de croix et passé empiétant, paysage montagneux, quelques chamois, ils se sont mis à parler avec des voix sérieuses – les hommes, cigarette, attendez, je vous amène un cendrier tout de suite, tirant sur leur pantalon pour éviter faux pli, le plus âgé disant à mon père, où donc est votre dame mon ami ?, lui, le plus âgé, les yeux plutôt excentrés dans les orbites, le cheveu rare, l'air sévère mais juste, le chef, le cerveau ; mon père, obséquieux toujours, elle arrive, elle arrive, je vais vous présenter les enfants, nous appelant, nous, pris de trac tout à coup, arrivant instantanément, garde-à-vous, moi les regardant de plus près, eux nous jaugeant comme au marché aux esclaves, appréciant, couinant, acquiesçant, le chef souriant même d'une si ferme tenue, approuvant lui aussi, ce qui semblait transfigurer le père d'ailleurs, moi, me disant tout à coup, j'ai envie de retirer cette robe, ce chemisier, ces chaussettes blanches, et puis aussi mes dessous gris, non pas des dessous, maman ne disait pas des dessous, non, mon maillot et ma culotte, oui, j'ai envie de me mettre toute nue et voir leur réaction, indignation, évanouissement, palpitation, érection.

Me voilà alors tout émue d'imaginer ça pendant que je suis évaluée par ces affreux, je me dis, tu es folle, ma pauvre fille, tu es complètement folle. J'ai peur du type aux yeux excentrés, ils vont débattre ce soir de l'arrivée d'un petit nouveau, un sombre crétin sans famille à l'évidence, et le chef avec les yeux sur les bords tranchera en fin de séance. Je me répète, il va trancher.

C'est alors que maman arrive et casse l'ambiance.

Elle ne s'est pas particulièrement habillée pour la circonstance ; c'est toujours une reine bien entendu mais elle a gardé sa robe mille fleurs et elle sourit, charmante, elle bat des cils et minaude, je me dis, elle fait quoi là ?, et tout à coup, je vois ce qu'elle porte sur son plateau, en même temps d'ailleurs que tous ces cinglés autour de la table, elle leur amène des douceurs orientales, des salades de pois chiches, des kebabs, du pilpil et des merguez, du mouton, force thé à la menthe, et des merveilles épicées, elle dit, attendez attendez, je n'ai pas fini, elle sort et revient lestement avec des sucreries au miel, des cornes de gazelle, des biscuits cannelle et gingembre, je m'aperçois qu'elle a mis des bracelets et des boucles d'oreilles, je me dis, elle va leur faire une danse du ventre, et je crois qu'ils prennent tous peur, eux aussi ils y pensent à la danse du ventre qu'elle va possiblement entamer, alors mon père intervient, il dit, voyons ma pouliche, puis il reste muet un instant et dit une nouvelle fois, mais voyons ma pouliche, ma prairie, puis il se décoince et la ramène dans la cuisine, il l'accompagne gentiment jusqu'à ses appartements, je l'entends, notre mère, qui proteste, et nous, mon petit frère et moi, toujours au garde-à-vous, même moi, avec mes pensées vicieuses et mon envie de me caresser les seins, nous restons tous les deux immobiles, les mains bien à plat sur les cuisses, le menton en l'air et la tentation tenaillante de rejoindre maman dans la cuisine.

Nous avons été congédiés dans notre chambre. Papa a mis sa musique sur la vieille chaîne mono qui craque, pompe et circonstance. Ils ont passé la moitié de la nuit à parler, fumer et ne pas toucher aux délices qu'avait préparés maman. Leurs estomacs devaient chavirer, leurs tuyauteries devaient miauler aux fragrances des petits plats d'Orient, mais impossible pour eux d'y goûter, impossible de même jeter un œil à ces merveilles reléguées sur la grande table, marqueterie, salle à manger.

Maman pleurait dans la cuisine comme d'habitude.

Elle n'avait pas réussi à étouffer un seul de ces affreux du parti, elle n'avait pas réussi à leur gâcher la soirée.

À la fin, au moment où ils ont commencé à se racler la gorge et à tous attendre le signe du chef yeux dans les coins pour pouvoir regagner leurs maisons artilleries, leurs appartements dépôts d'armes – avec des caches à trésors de guerre, des cabanes au fond du jardin emplies de brocanterie SS –, le chef s'est extirpé de son fauteuil et a déclaré (nous l'avons entendu, embusqués derrière la porte, le petit frère dodelinant doucement contre mon flanc, Robert le phacochère coincé sous l'aisselle), il a déclaré, je lève la séance, M. K. ce soir n'a malheureusement réussi à convaincre personne de la justesse de l'arrivée du jeune R., ce parrainage lui est donc refusé.

Notre père, M. K., a dégringolé un peu plus.

Les pantins, ce soir-là, sont repartis, amidonnés et affamés, aucun d'entre eux n'a jamais réapparu et papa a déguerpi pendant quelques jours à cause sans doute de son humiliation mais aussi par-dessus tout de la trahison de sa pouliche.

Quant à nous, nous sommes restés à la maison et avons attendu, en faisant le moins de mouvement possible, que l'effervescence des molécules se calmât, et que les choses après turbulence reprissent leur immobilité première.

Maman allait choisir de définitivement quitter l'endroit quelques mois plus tard, abandonnant, cessant de lutter contre son corps obèse qui grossissait même à l'intérieur, c'est ce qu'elle disait toujours, mon corps ne grossit pas que visiblement, il encombre même mes entrailles, il compresse mes organes vitaux.

Quand j'ai cherché pourquoi mais pourquoi donc elle avait tout éteint, quand j'ai tenté de décrypter signes avant-coureurs et prémonitions inaperçues, je suis arrivée à la conclusion que sa disparition s'était amorcée le soir des pantins avec mascarade.

XIV

Je ne suis pas allée au zoo ce jour-là.

Après être restée un moment assise sur les marches – soleil levant sur maisons basses, fourmi transportant quarante-cinq fois son poids avec ses pattes de fourmi, ruissellement d'oiseaux et agitation moelleuse et indolente des particules –, j'ai décidé de passer voir Samuel. Je me suis levée et j'ai regardé l'endroit où nous habitons, j'ai essayé de me dire, c'est la première fois que je vois cette maison, qu'en pensé-je ?, je ne voyais que des panneaux de bois et des vitres, je n'arrivais pas à percevoir l'esprit de cette maison. J'ai entendu la cavalcade d'un ragondin sous la galerie, je me suis accroupie et j'ai aperçu ses yeux miroir qui me scrutaient dans son obscurité terrifiée, je lui ai fait un petit signe de la main gauche pour qu'il apprenne que je me fous qu'un ragondin habite les souterrains intermédiaires de ma vie. J'ai grimpé sur la galerie et je me suis préparée – robe rouge et turban, pantalon sous la robe, le tout bien au chaud, bien protégé, rien sous le jean bien sûr pour pouvoir y glisser ma main en cas de mélancolie. J'ai pris mes sandales à la main pour conduire pieds nus, je suis sortie – l'air frais très humide de la face ombreuse du jardin – et je suis montée dans la voiture.

J'ai traversé la ville – la ville basse et longue et clignotante même en plein jour, les panneaux publicitaires tournant dans leur lenteur morose et les piétons bougeant comme des piétons comédiens, le soleil déjà haut dans le ciel d'aluminium, la chaleur presque bruyante, je traverse la ville, surtout ne regardant que la chaussée, pour ne pas risquer de voir Yoïm fumer et prendre son café sur la place, pour ne surtout pas rencontrer sa voiture caveau, pour continuer doucement, toujours même allure, vers l'école de Samuel, très au nord, à l'extrémité nord, juste avant que la ville ne tombe dans les étendues désertiques de Mars (faubourgs, zone commerciale, conditions intéressantes d'installation, imprimeries et casses automobiles, ronds-points au milieu de rien et, plus loin encore, colline, sable, pierraille, rocaille, des cailloux par milliards, se peut-il qu'il y ait de l'eau ici ?).

Concentrée sur mes trois centimètres carrés de vision, je suis arrivée jusqu'à l'école – préfabriqué, du putain de carton, dirait Yoïm, des brindilles de bois, ça tombe sans même faire de poussière en cas de tremblement de terre, ça disparaît pour ainsi dire, c'est juste du papier et un peu de colle –, des hibiscus roses tout autour pour la couleur et des places numérotées pour faire sérieux.

J'ai garé la voiture devant le vélo de Samuel et j'ai fait le tour du module, je suis restée cachée derrière un arbuste quand je l'ai aperçu dans une salle devant les gamins rassemblés.

Et là, voilà, ça m'a projetée plus loin, à la prison, directement. Je l'ai revu qui passait nous faire ses visites et donner des cours de dessin aux vilaines. Moi, il n'y avait que ses yeux doux qui m'intéressaient, je restais toute fermée, le corps en bataille mais je me gardais ses yeux pour le soir – dans ma cellule avec les deux autres folles, crétines et putes, méchantes putes, pas celles dont rêvent les hommes, putes mères et vierges, épaule consolatrice et poitrine même fonction, non, non, de petites putes mauvaises avec des ongles longs assassins porteurs de miasmes, de petites putes gueulardes qui te piquent ta barbaque et ta peau d'ours. Alors naturellement le soir sur ma paillasse pour ne pas écouter leur télé-vêpres qui braillait des inepties anesthésiantes jusqu'à 22 heures, je pensais aux yeux de fourrure de Samuel – pas à Yoïm bien sûr, trop dangereux, tout le monde essayait de me le faire sortir du crâne, alors bonne élève, docile comme je suis finalement, je faisais tout pour ne pas l'avoir en tête, pour ne pas être en pensée continue, je le remplaçais par les yeux de mon visiteur hebdomadaire, c'était mon courrier, mon horoscope, mon coup de téléphone au monde extérieur, c'était Samuel collé en petits morceaux de puzzle sur le poster grandeur de vrai du Yoïm, mon unique.

Ça m'était revenu d'un coup, la prison, les souris, le bruit du fer et son odeur et les vilaines putes de ma cellule, les cris noirs dans la nuit et Yoïm loin dehors ailleurs qui m'attend j'en suis sûre mais qu'il faut que je me sorte du crâne et des yeux et du ventre parce que ça va finir par métastaser là-dedans. Extrayez-le-moi du corps – des électrochocs, des nourritures insipides, de la discipline, un régiment, et le parti qui disait, c'est un hôtel leur prison, ils ont la télé et le chauffage, mais allez-y donc dans les camps de femmes, allez voir ce qui y traîne et haut les cœurs, *heili, heilo*, attrapez donc nos maladies, nos verrues, nos gangrènes, enfer et damnation, oh oui, je me souviens si bien de la douleur de savoir Yoïm dehors et de deviner qu'il n'entreprenait rien pour me faire sortir, qu'il fuyait plutôt le plus vite possible pour ne pas être capturé lui aussi, qu'il m'aurait d'ailleurs vendue s'il y avait eu acheteur, qu'il faisait tout pour s'embarquer cargo et pour s'éloigner de moi, plombée que j'étais dans mon camp de femmes. Tu m'attends, Yoïm, dis-moi, tu m'attends, mais il n'y avait que le silence pour me répondre, jamais Yoïm n'avait réapparu – il aurait pu venir au parloir travesti, déguisé en vieille femme, en oncle bienveillant, en prédicateur. Mais rien de tout cela. Yoïm n'a pas réapparu et je suis aujourd'hui auprès de mon Samuel, embusquée derrière le buisson et les fleurs roses, à le regarder bouger dans cette lumière qui me pénètre l'œil par brûlures successives, je le vois qui parle aux enfants, je vois la grâce de ses gestes et de ses mains, je le vois mime et souriant et je me dis encore, quelle merveille que cet homme.

À ce moment je sens ma tête tourner – le quai d'une gare qui s'éloigne en prenant de la vitesse – et je ne sais plus s'il s'agit de ce soleil fil à plomb, des trois cachets du matin qui me rendent languissante ou de cet excès de baise dans lequel je maintiens ma chair, alors je m'accroupis et me retiens grâce à l'arbuste – araignées rouges et toiles duvets, odeur très légèrement âcre de pisse de rongeur – et je reste ainsi dans un bonheur relatif, juste séparé de Samuel par une cloison de papier.

La prison me revient une nouvelle fois, mais maintenant je ne crains plus de vertige, je suis à deux centimètres du sol, je peux bien y tomber, m'y ramasser de tout mon long, ce serait même agréable. J'avais seize ans et parfois je me sentais si abandonnée que j'aurais revu avec plaisir papa et sa collection de casques à pointes – j'ai aussi une paire de bottes de SS, parfait état, presque pas servi, ah ah. Je ne savais pas exactement où se trouvait la prison, c'est Samuel qui est arrivé avec une carte et qui m'a montré, j'étais tout entière absorbée par son sourire et le grain de sa peau – quadrillages et rides fines, parfait agencement de verticales, d'horizontales et de courbes –, il a levé la tête de cette carte, je me souviens, il parlait sans arrêt parce qu'il ne voulait pas que cette fille de seize ans le troublât autant, je me suis sentie très apaisée, il a eu un léger balbutiement et il a dit quelque chose qu'il a regretté juste après quand il est rentré dans son appartement en ville, télé avec whisky, table Nogushi et livres, il a dit, tu sais, on peut essayer de te sortir de là. J'ai secoué la tête en calculant très exactement la façon dont mes cheveux dégringolaient le long de mes oreilles, non, ai-je murmuré, je crois que ça n'est pas possible.

Alors j'entends la sonnerie retentir, la sonnerie de l'école, elle ouvre une brèche entre mes deux yeux, je me relève et m'époussette, titube un rien – ce sont les cachets, c'est sûr maintenant – et vais à la porte, le gardien me sourit, satisfait de son autorité débonnaire de gardien, il hoche même la tête pour me dire, c'est bon vous pouvez passer, j'aimerais esquisser une valse avec lui, ça me démange les guibolles, mais non, je me retiens, tu n'es pas dans une comédie musicale, que diable, et je me dirige en voletant à moitié vers la salle de Samuel qui range ses affaires avec encore un ou deux moineaux auprès de lui. Les moineaux s'égaillent, je peux m'avancer, Samuel ?, il lève la tête et je mesure la joie enfin qu'il a de me voir, je vais vers lui, il prend ma main, il ne veut pas ici m'enlacer, bonjour, dit-il – et encore une fois je trouve ça incroyable, Samuel me dit bonjour alors qu'il m'a vue ce matin, ce n'est peut-être pas le vrai Samuel, prouvez-le-moi, dites quelque chose qui soit de l'ordre de notre intime, que personne à part Samuel ne pourrait savoir, mais je me reprends, il ne me faut jamais oublier que Samuel, le soir, avant de s'endormir à mes côtés, alors qu'il me caresse les cheveux et ne semble pourtant pas prêt à déguerpir, Samuel me dit, au revoir, et puis je ne sais pas ce qui se passe, mais il quitte son corps, c'est sûr, l'abandonnant à ma droite ; le reste de ce qui le constitue se carapate pour la nuit très loin ou très au-dessus de sa dépouille, c'est pour cette raison qu'il prend toujours un air sérieux un peu emprunté pour me dire au revoir et jamais bonne nuit.

Je suis venue jusqu'à lui pour m'assurer de quelque chose, me semble-t-il, pour demander de l'aide ou bien alors l'autorisation de continuer mon commerce avec

Yoïm. Je ne sais pas exactement. Je le prends par la main, ce qui ne le met pas tout à fait à l'aise. Et nous sortons dans la lumière brutale de cette matinée, il prend une pause au moment de la récré des gamins, il grignote une barre vitaminée – mon corps ne finira pas par s'oxyder – et me dit, Ben et sa petite amie passeront ce soir, il a l'air gêné, peut-être à cause de la comédie que nous leur avons jouée la fois précédente – joli couple avec bébé avenir –, je songe à le rassurer, assis que nous sommes sur ce banc à l'ombre des hibiscus, je crois que je lui dis, viens me baiser dans la voiture. Mais en fait, non, pas du tout, je ne dis rien. Cela m'amuse alors je commence ce petit jeu, Yoïm est revenu, lui dis-je en secret, je l'ai attendu si longtemps, Samuel continue de manger ses barres dopées en regardant au loin, aussi je poursuis mes aveux, c'est le même Yoïm tu sais, avec les cachets Hyper-G et la même queue coudée, j'ai envie de déballer des insanités, j'ai l'impression que c'est dangereux, qu'à un moment il ne me sera plus possible de différencier ce que je pense et laisse affleurer à mes lèvres et ce que je dis réellement alors j'y vais, je dérape, je lui sors mes horreurs – une histoire de sodomie un peu fumeuse – et Samuel se lèche le bout des doigts et se penche pour jeter ses emballages dans la corbeille en métal à côté du banc. Il me sourit et je pense, quelle parfaite innocence, nous restons ainsi un moment, les yeux perdus, adossés au bâtiment papier décor Hollywood, il dit, c'est aveuglant toute cette lumière, puis il pivote vers moi, ça me fait plaisir que tu sois passée me voir – Samuel dit souvent des choses sur un drôle de ton officiel, ce qui me laisse toujours perplexe et me fait parfois me retourner pour être certaine que ces variations d'intonation ne s'adressent pas à une autre compagnie.

Sur le chemin du retour, je me sens monstrueuse et je pleure et pleure et je me demande, d'où sort toute cette eau qui ruisselle de moi, et je pleure sur Samuel et je sanglote sans fin dans ce midi brûlant. Et je veux me mortifier, et j'aimerais me mortifier, à cause de l'infinie bienveillance de Samuel et de ce qui me porte malgré tout vers Yoïm – voilà c'est ça, je suis un petit robot obéissant qui avance avec grincements et couinements mais qui avance tout de même vers son seigneur et maître.

Je suis rentrée dans notre maison, je suis restée assise à la table de la cuisine en posant les mains bien à plat devant moi et en tentant de clarifier mes idées. C'était impossible, j'étais prise dans la vase de l'assoupissement, les cachets m'empêchaient d'aligner les pensées cohérentes, je les voyais s'évader, fugitives, je les voyais sauter de moi et je n'arrivais à rien en faire. Vais-je partir avec Yoïm ? ai-je réussi à prononcer. J'ai réussi à le dire tout haut et ma voix m'a effrayée, en équilibre au bord du sommeil. Je me suis délectée un instant de ce fantasme – avec Yoïm à baiser pour toujours et à suivre les contre-allées dans une voiture glaciale. Je me suis dit, il faut que j'arrête de prendre les cachets, ça me rend tout brouillard. Alors pour me punir je me suis replongée dans mes souvenirs du camp, je pouvais le faire, inutile d'avoir les pensées claires et les connexions idoines, je pouvais y aller en disant juste, prison, se matérialisait alors tout le reste – j'avais même la possibilité de choisir une scène particulièrement humiliante ou violente : la vilaine pute rousse me tabassant et me violant avec une bouteille de Coca –, je grimaçais et me mettais à transpirer et tentais de m'échapper mais je me retenais de toutes mes mains et continuais de m'infliger ces terreurs. J'en sortais lessivée.

XV

Quand le père est rentré, oh oui, quand il est rentré, nous étions déjà partis, mon petit frère et moi, pas nos corps dociles bien sûr qui l'accueillirent encore une fois, tous deux prostrés dans la cuisine à craindre qu'il ne vît le lustre, non, pas nos visages et nos pieds sales et notre odeur de sous-bois – lisier et soue. Mais moi tout entière dans la voix magnifique et basse de mon presque amant et mon petit frère si éloigné des contingences, si prêt à ne subsister qu'à l'aide de deux gâteaux secs par jour et d'un peu d'eau du robinet, si absorbé par sa perte absolue – la Prairie –, oh oui, mon père est rentré et il a trouvé deux petits fantômes, moi occupée à percevoir les bruits du dessus, essayant d'entendre ses pas, me remémorant les dîners curry avec la famille Dira et surtout la voix de Yoïm qui me disait : pas de bêtises, ma jolie, pas de médicaments, pas de cutter ni de couteau à pain, pas de déboucheur d'égout, ne te salis pas ma princesse, il y a plein de choses à fabriquer ici. Et je l'ai entendu marcher au-dessus de ma tête avec craquements de lattes disjointes, parquet tuilé, j'ai eu tout à coup des perspectives, il m'a semblé possible de survivre encore à l'enfermement, je suis juste au-dessus, ma beauté, je marche sur ton plafond, écoute-moi, écoute-moi donc si ton vieux te serine et t'engloutis, je suis là, juste au-dessus. Et ses mains étaient déjà sur mes hanches et sur mes fesses, et je devais avoir ce regard de soumission exemplaire, je me sentais sirop.

Le vieux est rentré avec son uniforme et sa valise métal, il avait l'air fatigué, perclus d'arthrite et de pensées tristes, il a pris une chaise et il est resté dans la cuisine avec nous, il m'a fait signe de lui servir un verre – vodka fine, étiquette du parti, additionnée d'une goutte de très vieux vin de tilleul pour l'amertume –, en général, on pouvait sentir l'intense satisfaction qu'il avait à m'avoir domestiquée, mais là, non, rien, juste son abattement, je me suis dit, est-ce que j'ai encore peur de lui ? Il a agité ses doigts pour m'indiquer de le servir une nouvelle fois, je l'ai fait en me tenant à distance – craignant qu'il me claquât la cuisse ou me prît par la nuque en serrant trop fort, je ne suis pas un lapin –, j'ai dit, le téléphone est en dérangement, mais il avait déjà tellement bu de vodka qu'il n'a pas prêté attention à ma remarque, je suis retournée sur mon tabouret et j'ai arrêté de balancer mes jambes, un léger vent passait par la moustiquaire.

On va déménager, il a dit.

Plomb en fusion entre mes côtes. Je me suis entendue imploser comme une télé avec un joli bruit cristallin de poussière de verre. Le petit frère a dit, non non non c'est possible pas, je crois qu'il pensait à la Didi rose avec laquelle il jouait aux cartes toute la journée, avec laquelle il faisait du coloriage, des puzzles et du tricycle, avec laquelle il avait de longs et muets entretiens – M. et Mme Dira étaient enchantés de cette entente silencieuse entre les deux gamins. J'ai regardé mon frère, ses yeux étaient affolés, il tordait sa jolie bouche et prenait un air terrifié, je savais qu'il aurait aimé sortir de la pièce mais il n'osait pas, mon père risquait de se mettre à hurler, de l'attraper par le col de sa chemise crasseuse et de lui botter le cul. Alors il est resté complètement immobile, tétanisé, la main sur l'évier, les jambes croisées pressées l'une contre l'autre, il va faire pipi, je me suis dit.

Le parti nous a trouvé un nouveau logement, a dit notre père.

J'ai eu envie de crier.

Je préférais rester dans cet appartement obscur avec sa terrasse où jamais on ne mettait les pieds et ses cactus moroses.

Je repasserai dans un mois, je resterai une semaine et on déménagera.

Alors là, naturellement, j'y ai repensé à ma possible mort, je me suis dit, bon je vais me servir des armes de papa, pourtant le P 38. me faisait peur, l'idée de le mettre dans ma bouche me glaçait, ce serait, me semblait-il, comme d'avaler une petite bombe et d'en attendre l'explosion et les effets funestes sur les organes, j'avais peur de tirer et de me louper, de me retrouver avec une grosse partie du cerveau endommagée et brûlée, plus dépendante et plus prisonnière que jamais, chou-fleur à vie, et papa venant me rendre visite à l'hôpital, je ne comprends pas, dirait-il aux infirmières, je ne comprends pas, elle avait tout pour être heureuse, et les infirmières regardant son uniforme et la casquette qu'il tiendrait bien serrée contre sa poitrine et se disant, c'est quoi ce cinglé ?

J'ai demandé l'autorisation de sortir de la cuisine, mon père me l'a accordée, j'ai pris la main de mon petit frère qui pensait à Didi et m'envoyait des signaux de détresse, je l'ai embarqué, je suis allée dans notre chambre, j'ai fermé les yeux et essayé de ne pas entendre le moment où le père rentrerait dans le salon et se rendrait compte de nos forfaitures.

Il nous avait ramené de la confiture, des bretzels, de la quincaillerie IIIe Reich (broches et pendentifs), de la bière et un avion de guerre pour mon petit frère.

Il a dit, mais putain, viens ici, qu'est-ce qui est arrivé au lustre ?, je suis arrivée, garde-à-vous, le cœur battant chamade et le souffle court, je sais pas bien, un matin on s'est levés, il était comme ça, tu crois que des gens ont pu pénétrer dans le salon en pleine nuit sans que nous les entendions ?, il m'a regardée avec un œil de dorade morte, qu'est-ce que tu racontes ?, mais il avait tellement pris de vodka qu'il avait du mal à suivre le fil de ses pensées, et puis mon petit frère est arrivé en courant dans le salon avec son nouvel avion de guerre et papa a été charmé, il a tenu à lui faire un historique de l'avion en question, mon petit frère a fait mine de s'y intéresser, ne pas t'inquiète ma Lili, et le vieux a oublié qu'il était censé me cuisiner pour avoir le fin mot de l'énigme du lustre. Je suis restée immobile et j'ai regardé mon petit frère exécuter des loopings avec son avion de chasse pour finir immanquablement par le faire s'écraser sur le parquet, accompagnant cette tragédie du bruit caractéristique de l'avion en piqué, le bruit de la chute libre – documentaires noir et blanc sur chaîne spécialisée, actualités d'époque. Mon père l'a observé, hébété, essayant tout de même de poursuivre sa leçon d'histoire, s'asseyant dans un fauteuil à fantômes recouvert de draps blancs pour faire fuir la poussière et tentant encore laborieusement de ramener de l'ordre dans ses pensées.

J'ai fini par m'éclipser avant même qu'il me dise rompez.

XVI

Le lundi avant le retour de papa, nous nous étions assis Yoïm et moi sur la terrasse des Dira – pas de cactus, mais des vélos, une parabole, des cartons, un minuscule coin potager et des jouets plastique éborgnés. Sa proximité me rendait électrique – j'avais l'impression de produire de minuscules étincelles à la surface de ma peau, sous mon maillot et au bout de mes orteils.

Vous habitez tout le temps chez M. et Mme Dira ? ai-je demandé très poliment. (Il était hors de question de tutoyer un adulte.) Il roulait ses cigarettes en y émiettant un granulé blanc, je n'aimais pas le voir faire ça, il me semblait que mon père allait apparaître brutalement comme une vapeur de génie dans une lampe à huile et qu'il allait faire voler en éclats l'équilibre fragile de ce moment. Yoïm a regardé au loin, il a jeté un œil derrière son épaule, peut-être pour s'assurer que personne ne nous surveillait, et il a posé son énorme main brune sur ma cuisse, j'ai serré mes genoux, je me suis dit, oh je vais faire des taches partout sur ce tabouret de bois, mon cul devenait liquide, je me disais, ce n'est pas possible, ce doit être du sang, je me suis dit, si ça continue, je vais m'évanouir, il a laissé sa main là et il m'a raconté sa rencontre avec M. Dira, je n'entendais plus rien, obsédée que j'étais par sa main qui me brûlait et l'humidité de ma chair. Je suis revenue peu à peu à moi. Il disait, nous étions très jeunes, Dira venait à peine de débarquer – et moi me disant, je frise l'asphyxie, il faut qu'il retire sa main –, nous nous sommes retrouvés dans le même foyer pour jeunes travailleurs – il s'est mis à rire, je crois que ce sont les mots jeunes travailleurs qui ont provoqué cette hilarité –, je traficotais à l'époque et j'organisais des paris dans les chambres, des paris aux cartes ou aux dames – moi, j'ai pensé à maman qui toujours pleurait, à sa douleur de ce que devenait son mari, je lui demandais, mais, maman, quand tu l'as rencontré, il n'était pas comme ça ?, et elle, repassant ses chemises et me disant, non non, il était si vulnérable, si tendre et si malheureux, et moi n'arrivant à rien imaginer de tout ça, elle ajoutait, oh quand même, il y avait bien quelque chose qui me gênait, il avait les sourcils qui se touchaient, c'est signe de jalousie, tu sais, de jalousie et de mi-san-thro-pie –, Dira ne parlait pas un mot de notre langue, c'était une caricature d'Indien sauce tandoori, je l'ai aidé, tu vois, à trouver sa place – Yoïm riait encore, je ne voulais pas écouter ce qu'il racontait, je ne faisais qu'entendre maman qui sanglotait et refusait que papa l'appelât Eva B., c'était sa nouvelle lubie au vieux ; elle disait, dans l'intimité il m'appelle Eva B., ce n'est plus possible, ma Lili, ce n'est plus possible, mon chaton, et elle nous serrait dans ses bras, mon petit frère et moi, je réfléchissais et je me disais, dans l'intimité, ça veut dire quand ils se retrouvent dans leur chambre et qu'elle retire sa robe à fleurs, mais pendant ce temps, Yoïm continuait –, je lui ai procuré des papiers, ce n'était pas si compliqué, on est devenus inséparables, il m'a ramené des pigeons pour les paris, des pigeons tout frais débarqués, mais il faisait ça en toute bonne foi, sans deviner que je plumais tout le monde – il riait très fort –, le petit père Dira, c'est un gentil bonhomme, tu as remarqué, non ?, avec un cœur comme ça – geste éloquent –, c'est un vrai gentil – alors je me suis dit, et papa qu'est-ce qu'il est, un faux méchant ? –, et puis après j'ai disparu quelque temps – il a pris un air songeur, je me suis dit de nouveau, je crois que je vais étouffer, j'ai dû avaler une guêpe ; Yoïm s'est tourné vers moi –, je t'ennuie ? – je n'ai pas pu répondre rapport à mon souffle qui manquait, alors j'ai fait, non non, avec les lèvres sans qu'un son ne s'échappât –, je suis revenu dans les parages maintenant, et en attendant que deux, trois affaires se débloquent, je reste avec eux, c'est comme la famille, tu comprends, c'est vraiment comme la famille – de nouveau, il a regardé au loin, soleil du soir, rougeoiement dans les fenêtres en face, il y avait une odeur de poussière, de soupir de la terre, de brèves exhalaisons du sol, il y avait une odeur de viande et de cuisson, une odeur d'oignons frits, c'était le crépuscule, je me suis mise à penser à la cuisine de maman, au bouillon du soir et au crépitement de l'huile dans la poêle en fonte, je me suis sentie triste et triste d'avoir perdu tout ça, ici tout semblait normal et calme, je me suis surprise à désirer toujours demeurer ainsi dans un jour qui s'éteint avec la main de Yoïm là, enserrant ma cuisse de fillette, alors il a dit –, j'aime bien être ici avec toi, ma beauté – il a mis des pétillements dans ses yeux, j'ai pensé, c'est artificiel, il décide de semer dans son regard de petites paillettes de désir, mais c'est du faux, ce n'est pas possible, il faudrait que je me méfie plus des gens, c'est ce que papa disait toujours, il faudrait que tu te méfies plus des gens, n'oublie jamais que les gens sont mauvais, alors je me suis dit, il ne s'agit pas des gens, il s'agit de Yoïm et je crois, papa, que c'est mon prince. J'ai serré les poings et tenté de prendre des forces pour affronter le moment où papa allait rentrer, je ne savais pas encore à ce moment qu'il allait nous parler de sa décision de déménager, pour que nous fréquentions, mon petit frère et moi, une école du parti, dès la rentrée, pour que nous ne restions pas en vacances éternelles ou dans les écoles publiques du coin pleines de rats et de maladies terribles (il allait jusqu'à parler de choléra et de peste bubonique), pour que nous habitions dans un joli village avec des gens en celluloïd qui fonctionnaient à piles.

Le soir où Yoïm m'a raconté tout ça, nous étions l'avant-veille du retour de papa, j'avais envie de quelque chose de définitif alors j'ai laissé Yoïm passer sa main dans mon short sur la terrasse des Dira, il a légèrement bougé ses doigts et il a dit, j'aimerais bien mettre ma tête ici. J'ai essayé de reprendre mon souffle, je n'y ai que partiellement réussi et j'ai pensé très fort, mais je ne l'ai pas dit pour ne pas l'effrayer, car je savais déjà comme ces choses peuvent être effrayantes, j'ai pensé très fort en serrant paupières et poings, j'ai pensé, garde-moi toujours.

XVII

Ben et Véra sont arrivés peu de temps après le retour de Samuel à la maison, le soir qui clôturait cette journée incandescente où j'étais allée le voir à son école. Nous avons dîné et, pendant qu'ils mangeaient les brochettes de poisson que j'avais préparées et beaucoup trop pimentées – je voyais la jolie Véra, les yeux tout humides, brillants comme des loupes, je me disais, elle a les yeux comme des lacs, lac mineur et lac majeur –, pendant qu'ils étaient là, assis tranquillement à attendre que le piment cessât de leur brûler la gorge et que leur cerveau concoctât sa chimie habituelle pour endormir leurs papilles, pendant qu'ils buvaient du vin en grignotant des miettes récoltées sur la table du bout de l'index humecté, pendant qu'ils étaient attablés avec nous, la conversation a dévié peu à peu – nourriture, prise de poids, mauvaise graisse, lutte contre la disgrâce – et Ben a dit tout à coup, j'ai vu un type cet après-midi qui est passé à la boutique, un type énorme, carrément monstrueux, mais ce type portait des bijoux partout, il avait des tatouages jusque dans le cou et le crâne rasé avec la nuque à étages, tu vois (geste de la main pour mimer les bourrelets de peau), et en fait je me suis dit, ce type fait au moins trois cents livres et il est magnifique (je me suis souvenue des mots de mon frère pour qualifier Yoïm, il disait souvent, il est un tout petit peu magnifique, il le regardait et il pensait très fort, il est un tout petit peu magnifique). À ces mots, Samuel s'est tourné vers moi, il m'a longuement fixée, je crois qu'il a demandé ce que le type voulait dans la boutique de Ben, mais je n'ai pas écouté la suite, je me suis levée pour débarrasser mes brochettes tueuses, je lui ai obstinément tourné le dos pour qu'il abandonne, pour qu'il arrête de m'envoyer d'infimes ondes de soupçon. Je me suis dit, il va oublier, il suffit que nous parlions d'autre chose et il va oublier. Samuel n'avait jamais vu Yoïm autrement qu'en photo, des photos de pénitencier, et ne l'avait jamais imaginé qu'à travers mes descriptions. Celle de Ben était d'ailleurs étonnamment réaliste. Je me suis dit, en fait, Samuel s'est toujours attendu que Yoïm réapparaisse et fasse valoir son titre de propriété, j'ai souri devant l'évier, l'idée me plaisait. Juste après je me suis reprise, je me suis dit, arrête de sourire, tout va finir par s'envenimer et tu vas rester là bêtement à sourire pendant que tout s'écroule. Quand je suis retournée à table, j'ai orienté la conversation vers le travail de Samuel mais j'ai senti la pesanteur de ses gestes et la tristesse et l'abattement de toute sa posture. J'aurais voulu lui dire, tu sais il y en a plein des types de trois cents livres avec des breloques, mais je ne pouvais décemment poursuivre. Alors je me suis tue.

Finalement, c'est quand Ben a parlé de lui et c'est quand Samuel s'est mis à soupçonner son retour que je me suis rendu compte que je n'avais pas du tout affaire à un fantôme. Je crois que jusque-là je n'avais pas tout à fait cru à sa réapparition, j'en étais encore à me rassurer et à me dire, mais non ma jolie tout cela se passe dans ta tête, tout cela n'existe pas vraiment.

XVIII

Papa est reparti sans chercher à élucider l'énigme du lustre – je me suis dit, c'est une chose magique, cet oubli, il a dû y avoir ensorcellement. Avant de s'en aller, il m'a demandé, c'est pas trop dur sans maman ? et j'ai répondu, si, c'est très dur, surtout pour le petit. Et je me suis mise à pleurer, il a eu un discours sur le courage et les soldats, sur le sacrifice et l'ordre divin. Je n'ai pas suivi ; j'ai continué de pleurnicher. Alors il a dit, bon il faut que j'y aille maintenant. Et il a claqué la porte, bien amidonné dans ses habits d'inspecteur des postes.

J'ai contemplé la porte un instant et je me suis dit, je te reverrai jamais.

Mon petit frère est arrivé sur son tricycle, son phacochère Robert coincé sous le bras. Il m'a supplié du regard, bon on y va ? on monte voir Didi ? J'ai secoué la tête, non, mon Loulou, il est bien trop tôt, on ira tout à l'heure, il a fait demi-tour sur son engin, les yeux tout emplis de larmes, allant se trouver un abri pour cuver son impatience et son humiliation, c'est toi toujours qui décides, je l'ai rappelé avant qu'il vire au bout du couloir mais naturellement il ne s'est pas retourné, tout drapé qu'il était dans sa dignité presque entièrement bafouée.

J'ai compté les minutes. J'ai posé sur le sol la montre militaire que mon père m'avait, il y avait de cela des temps considérables, confiée. Je me suis assise devant, pieds et genoux joints, menton sur rotules et j'ai laissé passer les minutes jusqu'à l'heure convenable. J'ai fini par m'endormir. Quand je me suis réveillée, les traits phosphorescents indiquaient 11 heures, j'ai entendu quelqu'un traficoter la porte d'entrée, je suis montée sur le tabouret en Formica et j'ai regardé par le judas – il y avait un type en bleu de travail dans mon globe oculaire en train de s'activer sur notre porte. J'ai eu très peur, je n'ai pas fait un bruit, ce qui était finalement ce que mon père aurait voulu, l'homme a continué son manège, nous cadenassant un peu plus, ajoutant un verrou supplémentaire, *à l'extérieur* ; il a fini son opération, je n'avais toujours rien dit, il a repris sa caisse à outils et a dégringolé l'escalier. Je me suis précipitée dans le salon, entre les lattes des volets j'apercevais des filets verticaux de rue et de bâtiments, de minces lignes de lumière – courants d'air dans l'œil –, j'ai vu le type monter dans sa voiture – voiture muette, rien d'inscrit, pas d'entreprise générale de serrurerie et d'emprisonnement, non, rien de tout cela, un simple véhicule du parti, il n'y avait qu'aux membres serruriers du parti que vous pouviez demander d'installer des cadenas extérieurs sur la porte de votre appartement.

Je me suis dit, le vieux, il veut être sûr de nous garder au frais jusqu'à ressaisissement en camps de vacances forcées, j'ai traîné les pieds jusqu'à notre chambre qui sentait l'aérosol antimicrobes. Avant de s'en aller mon père, un mouchoir sur le nez, pulvérisait des substances anéantissantes dans toutes les pièces. Mon petit frère dormait dans cette odeur piquante (« parfum agréable ») sur mon lit avec Robert le phacochère, les fesses en l'air, la tête dans l'oreiller et la bouche molle ouverte. Nous dormions énormément pour contourner l'ennui. Se dégageait de lui un fumet d'humidité, une moiteur de sommeil, ses cheveux étaient collés à ses tempes, je l'ai observé un moment, j'aimais son immobilité magnifique, le poids que semblait prendre tout à coup son joli corps d'enfant, je me suis dit, il rêve, il doit rêver et je ne vois rien de tout cela, je me suis dit, boîte à trésors, je me suis dit, coffre à horreurs, j'ai compté jusqu'à onze en croisant les doigts, tourné deux fois sur moi-même et je suis sortie de la chambre.

J'ai empoigné le balai, toqué au plafond de la cuisine et attendu que Yoïm descendît, je me disais, il faut bien que quelqu'un nous sauve. J'avais quatorze ans, et je me répétais, il faut bien que quelqu'un nous sauve. J'avais quatorze ans, et ça m'avait déjà paru quatorze années interminables.

Une heure après, j'étais allongée sur le parquet vitrifié de papa dans le salon, je regardais sous les meubles et je voyais leur organisation interne et leurs entrailles de bois et de poussière, je regardais les meubles comme je ne les avais jamais regardés, j'avais accès au dessous des choses, j'étais nue et les lames du parquet et les clous et les échardes me striaient le dos, Yoïm s'est baissé vers moi et m'a soulevée dans ses bras, il a embrassé mon ventre et mes lèvres, il a prononcé inepties et chuchotis à mon oreille – la droite celle qui saignerait tant après les coups de feu –, et j'étais tout entière dans mon ravissement de fillette dépucelée. Puis j'ai senti le dégoût et l'apathie me prendre, langueur, maladie mélancolique, fatigue perclusant tous mes membres, je n'avais pas été préparée à renifler de si près un homme. À l'école où nous allions épisodiquement – quand mon père ne craignait pas trop la tuberculose, quand il était parti dans son tour d'inspection, et que maman encore voulait réussir à faire de nous des enfants malgré tout ordinaires –, les garçons n'en étaient pas du tout à mettre leur langue entre les cuisses des filles. Je me suis dit, c'est bizarre que ça m'arrive à moi, peut-être parce que maman est morte, peut-être parce que le monde et ses révolutions s'inversent silencieusement, est-ce que ça fait de moi une traînée, est-ce que je suis devenue une pute ? J'ai entouré le cou de mon amant – *amant* un mot de deux tailles trop grand, désolée mademoiselle on ne fait pas votre taille, revenez dans cinq ans – de mes bras de fillette et nous sommes restés là à attendre que mon petit frère se réveillât.

Quand mon petit frère s'est réveillé, il a fourré dans son sac Mickey tous ses animaux ; les animaux ont discutaillé pour savoir qui entrerait le premier ; je suis repassée devant la chambre et j'ai dit, tu te dépêches un peu ?, mon petit frère m'a regardée comme si c'était idiot de le brusquer, comme si je ne pouvais pas l'accuser de la lenteur et des disputes incessantes qui se déroulaient entre le koala et l'ours blanc. Il a continué de remplir son sac à son rythme – à leur rythme. Il a laissé tous les avions de chasse sur la commode, il n'a pas emporté le portrait de Lindberg et ses soldats ; il a juste pris ses peluches et Robert, il s'est posté à côté de la porte, je va pouvoir y aller, je suis prêt, tu vois, c'est toi qui es un tout petit peu beaucoup plus longue que moi.

J'ai mis des vêtements de rechange dans une besace, des barrettes de maman (j'étais sentimentale) et des baskets, puis nous avons grimpé l'escalier. Mme Dira, avec une amie sari et bijoux, nous a vus débarquer, il revient quand votre père ? Yoïm a répondu pour moi, dans un mois. Ça a eu l'air de lui faire plaisir à Mme Dira de nous garder chez elle, je me suis dit, pourtant ça va lui coûter cher en nourriture, j'essaierai de manger le moins possible, j'ai regardé Didi arriver et prendre mon petit frère par la main et s'envoler par la porte avec ses sandales dorées. Yoïm a dit, j'emmène les petits au square, tu viens la belle, et il a ajouté plus bas, après j'irai à mon turbin.

Sur le chemin du square, alors qu'il s'était mis légèrement à pleuvoir, il m'a dit, je ne vais pas rester encore longtemps chez les Dira, je crois qu'on va s'en aller ma jolie. Mais j'avais du mal à imaginer qu'un homme aussi fini que Yoïm eût envie de s'acoquiner avec une gamine comme moi, c'était terriblement dangereux me semblait-il, c'était une perversion. Son désir me bouleversait. Il me souriait très doucement, pour ne pas m'effrayer sans doute, mais je n'étais évidemment pas effrayée, j'étais déterminée. Ce fut d'ailleurs sous cette bruine d'été qu'il m'a donné ma première pastille d'Hyper-G à sucer et que je l'ai prise bien sûr et déposée sur ma langue, déterminée comme j'étais.

XIX

Le lendemain du jour où Ben a déclaré avoir parlé à Yoïm dans sa boutique d'équipements sportifs (casque de hockey et chaussures de ski), j'ai reçu une enveloppe blanche rectangulaire dans laquelle j'ai trouvé une phrase dactylographiée qui disait : Demande à Mme Wanda.

Je suis restée interdite, sous le bruissement de l'acacia, avec l'odeur des brindilles qui plongeait et nidifiait dans ma gorge – j'ai reniflé l'enveloppe et le papier et chacune des lettres imprimées sur le papier, il n'y avait rien d'autre que cette odeur de brindilles. Je suis sortie dans la rue et j'ai regardé à droite et à gauche sans penser pour autant qu'il fût possible que le transmetteur de cette injonction se tînt encore dans les parages (l'enveloppe était légèrement humide de rosée matinale, elle avait été déposée pendant la nuit ou aux premières heures du jour). Je me suis attardée un moment à scruter la rue – voitures encore endormies, peinture métallisée brillante de gouttelettes, large chaussée très légèrement bombée et acacias, rien que des acacias.

Je suis restée à la maison, sans bouger, sans répondre au téléphone qui sonnait toutes les heures et résonnait dans les pièces immobiles – Yoïm oserait-il appeler ici ? aucune envie de m'en assurer, je ne suis pas là –, j'ai fermé les volets, j'ai attendu dans la pénombre, barricadant mes accès pour ne pas retomber dans les affres de la prison et dans mes 14 x 12 mois d'enfance morne (jusqu'au coup d'éclat, jusqu'à Yoïm, jusqu'au sang), et l'heure du retour de Samuel a approché, je me suis levée et agitée, j'ai nettoyé la salle de bains et briqué la cuisine et toujours pas répondu au téléphone, je ne voulais pas que Samuel devinât mon inertie, je ne voulais pas parler de la lettre reçue, je voulais rester dépositaire encore du secret.

Le lendemain matin il y avait une nouvelle enveloppe et un nouveau papier plié en quatre très soigneusement comme lissé par l'ongle et il y avait écrit : Demande donc à Mme Wanda.

Alors j'ai enfilé la robe noire que Yoïm aimait et je suis retournée au zoo.

Devant la grille de Mme Wanda, j'ai attendu longtemps, j'ai attendu qu'elle apparût, que la vieille demoiselle gorille vînt poser son cul pelé sous son arbre, qu'elle sortît de sa caverne en plastique – elle avait été isolée des autres singes parce qu'elle était agressive avec les petits. Et puis un gardien est passé, il s'est mis à dévisser la plaque qui portait le nom, la date et le lieu de naissance de Mme Wanda. Je lui ai demandé pourquoi, il a regardé ma robe, et mes mains que je portais sur le cœur et il m'a répondu qu'elle était morte la nuit précédente. J'ai demandé à quoi elle avait succombé, il a secoué la tête, sais pas, l'est morte de vieillesse sans doute.

Je me suis éloignée, me demandant si le message que je devais recevoir était la mort de Mme Wanda, ou si elle était malencontreusement morte avant que je puisse y comprendre quelque chose.

Je me suis dit, Mme Wanda est morte dans sa cage au milieu de ses rochers en résine.

Il était encore très tôt, je suis allée à la buvette, m'installer sur une chaise en métal dans les graviers et j'ai attendu Yoïm en buvant quelque chose de froid et d'amer.

XX

J'avais quatorze ans et je comprenais vaguement ce que Yoïm voulait faire de moi – puisque mon père m'avait depuis toujours injecté en intraveineuse que tous les hommes étaient des violeurs ou des maquereaux. Le reste du temps je me répétais sur un ton réconfortant, mais non mais non, il est amoureux, Yoïm est amoureux.

À cette période, il y eut beaucoup de monde chez les Dira, du passage, disaient-ils, il y a du passage. Alors nous étions souvent sur la terrasse ou sur le palier, Yoïm et moi, ou bien nous allions baiser chez mon père, dans le salon, sur le parquet, à cause de l'armurerie qui excitait Yoïm et de Dodolphe qui s'offusquait muettement. Je me disais, je suis minuscule et cassante, je suis une pièce montée en sucre, que va-t-il se passer s'il me brise en morceaux. Après il me laissait là, avec des pastilles d'Hyper-G et le goût de sa queue et je restais assise au milieu du désordre de mon cul en me disant il n'a pas remarqué que je ne suis qu'une toute petite fille.

Cette pensée me faisait sourire.

Je me sentais si fière – comme si j'avais résolu une énigme ou comme si j'avais décidé de garder un secret enchanté profondément enfoui sous mes côtes.

Yoïm m'a fait parler du parti.

J'ai tout déballé.

Je lui ai montré la planque – grenades, baïonnettes et revolver –, je lui ai parlé de la bienfaitrice, la Demoiselle, la Vieille, j'ai raconté les villages du parti et les réunions grotesques, je lui ai parlé de maman et de sa tristesse sans fond chaque jour alourdie, je lui ai parlé des menaces qu'elle avait proférées jusqu'à la fin, je vais m'en aller, chouchou, je vais m'en aller, je ne veux plus supporter toutes ces horreurs, mais chouchou remettait sa casquette et retournait à sa joyeuse sarabande, je lui ai parlé de son cerveau qui finalement l'avait attaquée, laminée, abattue et de sa tombe et des fleurs en plastique si pratiques et des chaînes autour des pots de fleurs artificielles parce que les gens ne respectent rien ma foi et qu'ils auraient même volé ces fleurs moches qui perdaient leur couleur et devenaient d'un gris uniforme de vieille dentelle.

Je lui ai raconté à quoi ressemblait l'endroit où mon père voulait nous emmener, mon frère et moi, ou plutôt à quoi j'imaginais que ressemblait un village du parti, avec des maisonnettes et des miradors, des bergers allemands et des haut-parleurs qui déverseraient à longueur de temps des chants d'encouragement, je nous imaginais, mon frère et moi, dans les rues de ce village marchant librement sur des trottoirs nickel, croisant des patrouilles de surveillance, vos papiers mademoiselle, si je n'ai rien fait de mal, ils ne peuvent m'accuser de rien, qu'est-ce que ça te coûte de présenter tes papiers si tu n'as rien à te reprocher (moi imitant le père et son air docte pour amuser Yoïm), j'imaginais des drapeaux, des milices et des chemises brunes, une jolie ville toujours au soleil, bien astiquée, où il ne pourrait jamais rien nous arriver, une jolie ville sous une cloche à fromages, pas de pollution, pas de délinquance, un lac pour sports nautiques et élévation du corps et de l'âme. Yoïm riait et j'en rajoutais dans le loufoque et dans le tableau couleurs vives, fruits en cire, jamais d'accident, jamais de sang, jamais de mort, décor sucre glace.

Parfois je me mettais à pleurer.

Yoïm me consolait, tiens tu en reprendras bien une, me caressait et me flattait le corps, Yoïm m'écoutait et se servait dans les armes de papa et je me disais, de toute façon, je ne le verrai plus jamais, le père, c'est fini, c'est râpé, je me répétais ça en permanence pour oser le sacrilège et le vol.

Quand Yoïm a commencé à me reparler de la Demoiselle, je n'ai rien vu venir. J'ai donné des détails, j'ai même inventé des éléments parce que je voulais que jamais il ne se lasse. Je ne pouvais pas deviner que je finirais sur un lit, tout ensanglantée, à pourrir le matelas de mes liquides privés, à grelotter et mourir presque tout à fait. Je ne pouvais pas deviner comment les choses tourneraient. Pour le moment je vivais un conte pour enfants – pas de parents, jamais de parents, mais de vagues adultes protecteurs, j'étais l'héroïne de *Lili, son petit frère et Robert le phacochère*.

Et puis Yoïm a quitté les Dira, M. Dira pleurait, la petite Didi s'est enfermée dans sa chambre avec mon frère (à espionner ce qui se passait bien entendu) et je suis restée dans un coin de tenture à regarder M. Dira assis dans son fauteuil, qui se massait les pieds sans ses savates et qui pleurnichait, mon frère, c'est comme un frère, son beau visage tout gris ruisselant, Yoïm tentant de calmer son monde, serrant chacun dans ses bras gigantesques, j'ai mon bizness, tu sais bien, comme s'il s'agissait de quelque chose de secret et de frauduleux – passage de frontières avec éprouvettes toxiques, traite de fillettes brunes ? –, et répétant, ici c'est ma famille, et moi toute raide (malgré ses promesses, je ne te quitte pas ma beauté fatale, je suis juste là, tu es dans ma vie dans mon cœur dans mon ventre), mais moi désespérée tout à fait, terrifiée du retour imminent du vieux, ayant brûlé tous mes vaisseaux, ayant refilé ce paquet d'armes (celles de la planque derrière l'armoire) à Yoïm et ayant tant baisé dans la maison que le vieux allait le sentir tout de suite, qu'il allait instantanément deviner mes turpitudes (et Yoïm me rassurant, ne t'inquiète pas, je ne suis pas loin, je vais m'occuper de toi), mais moi n'y croyant pas du tout et pleurant à l'intérieur, emplie des flaques de ma tristesse et de mon désarroi.

Il est parti et nous sommes restés chez les Dira. Nous allions le rejoindre mon petit frère et moi dans la cabane qu'il habitait maintenant à quelques stations de métro de là, nous partions le matin, Didi parfois nous accompagnait et nous allions jusqu'à lui ; il ne me serait pas venu à l'esprit de m'y rendre seule, j'aimais que les petits me donnent la main, cela m'aurait semblé tellement dangereux de marcher seule dans les rues. C'était l'été encore, la ville était vide avec une lumière poudreuse et de longues voitures qui passaient dans un tangage maritime en faisant clanguer les plaques d'égout. Didi regardait ses pieds et mon petit frère serrait fort Robert le phacochère sous son bras. J'avais l'impression que mes jambes étaient poussiéreuses, c'est ce qui me reste de cet été de notre libération, mes jambes recouvertes d'une suie grasse de ville. Mon petit frère me regardait et faisait des remarques silencieuses sur la température, l'épaisseur de l'air et l'humidité, il fait un peu frais et un peu chaud, disait-il, c'est tout mélangé.

La maison de Yoïm était sous le métro aérien, elle avait un jardinet pelé, une sorte de bout de terre chauve où rien jamais n'aurait pu pousser – même en gorgeant le sol d'engrais et de substances magiques –, c'était, semblait-il, un fragment de désert en pleine ville. Souvent Yoïm était absent, nous l'attendions dans son jardin sec, les petits jouaient au soleil, dans la lumière qui décharnait les choses et rebondissait sur le sol, ils s'échangeaient des cartes et parlaient avec leurs mains (chacune était un convive) comme s'ils avaient été nombreux. Moi j'attendais simplement puisque c'était l'occupation que j'affectionnais et que je maîtrisais le mieux, attendre tout à fait immobile dans l'ombre épaisse en observant les changements ténus du monde alentour, attendre et me transformer en plante tropicale – qui agiterait très doucement son feuillage au crépuscule mais resterait presque minérale tout le long du jour. Je pensais souvent à ça, à ma transformation en plante, et ne m'habillais plus qu'en vert – un kaki armée de terre évidemment. J'écoutais le vacarme du métro au-dessus, je regardais passer les chiens orphelins du voisinage, chiens jaunes fureteurs et chats tigrés borgnes, je respirais l'odeur du dehors, l'odeur des étincelles du métro – freins et métal contre métal –, l'odeur de terre sèche et celle des deux enfants – sueur vinaigrée –, ce petit rien de vent. Je finissais par me balancer comme un berceau.

Yoïm apparaissait au volant de voitures toujours différentes mais toujours effondrées ; il claquait la portière, prenait les paquets sur la banquette arrière et disait, ce n'est pas encore la bonne, et il rigolait faiblement comme s'il avait parlé d'une fille plutôt que d'une voiture, je regardais Yoïm pousser la barrière, son sourire et ses yeux, je devinais son désir, alors il rentrait les paquets, il me rentrait aussi, il disait aux petits, vous restez encore un peu dehors ? et il m'empoignait et m'allongeait sur sa paillasse – qui me semblait un trésor d'exotisme –, il me déshabillait et me baisait doucement pour ne pas que les enfants entendent, pour ne pas m'abîmer, quand tu ne voudras plus du vieux Yoïm, il faudra que tu ne sois pas trop abîmée tout de même, et je le regardais tout emplie de stupeur, me disant, mais je voudrai toujours de lui, mais je ne veux jamais le quitter, mettant dans cet absolu la détermination de mes quatorze ans, le à la vie à la mort des amours enfantines. J'allais jusqu'à me dire, j'aimerais faire un bébé à Yoïm, je resterai là et construirai une vie ordinaire et tranquille avec les enfants autour de moi – mon frère, sa rose et mes bébés multipliés dont je serais à peine la mère mais totalement la compagne et la sœur, je me voyais bien Blanche-Neige et toute une tribu de Lilliputiens qui ne me laisseraient jamais tomber et me suivraient partout – , voilà, je me sentais prête à construire cette vie ordinaire et tranquille avec cet homme qui n'était ni ordinaire ni tranquille. Ça me tarabustait. J'y pensais souvent. Ne sois pas impatiente, me répétais-je, les choses viendront à toi. Je n'osais pas parler des bébés. Mais j'y pensais souvent.

Yoïm m'a emmenée en voiture – nouvelle Plymouth avec sièges en skaï rouge et cliquètement intermittent – devant chez la Demoiselle. Nous sommes passés lentement et à plusieurs reprises devant la façade, j'ai dit, elle a toujours plein de bijoux et d'argent, elle garde tout chez elle vu qu'elle a pas confiance dans les banques, il s'est tourné vers moi pour mieux comprendre, j'ai dit, rapport aux youpins. Yoïm m'a donné une pichenette sur la joue en fronçant les sourcils, ne parle pas comme ça, ma beauté, jamais comme ça, il avait pris sa voix terrible alors je me suis sentie fourmi, fourmi muette incapable même de s'excuser.

Il a dit, je passerai faire un tour chez elle et puis après on s'en ira. On s'en ira d'ici, tu deviendras danseuse et je vendrai des cachets, on s'amusera et on tournera sur tout le continent.

J'ai opiné et je me suis dit, il n'est pas violeur, il est plutôt du genre maquereau, il m'imagine danseuse à paillettes et déhanchement suggestif. Je me suis convaincue qu'il y aurait des bébés quand même. Alors je lui ai souri et j'ai mis ma main sur sa cuisse. Où il irait j'irais, ai-je pensé béatement.

XXI

Je suis restée au zoo à attendre Yoïm sur ma chaise vert forêt à l'ombre des acacias. Il n'est pas venu. Alors j'ai pris le bus devant le zoo et je suis partie voir ce qu'il faisait. Il m'a fallu marcher sous tout ce fatras de chaleur pour rejoindre le motel chambre mauve. J'ai trottiné le long de la grande route. Je me disais, pourquoi nos échanges sont-ils si muets, pourquoi ne parle-t-on pas de la Vieille, de mon abandon, de mon petit frère disparu, pourquoi ne parle-t-on pas et ne faisons-nous que baiser ? Yoïm est si réel – son odeur et son corps – mais si impalpable et incongru – ici dans cette ville éloignée de tout où il est venu me retrouver et me rechercher et me convaincre et s'assurer de son pouvoir. J'ai traversé le parking et j'ai grimpé sur la coursive devant les portes des chambres. Je me demandais, mais qui donc m'envoie ces petits mots incompréhensibles, Yoïm ne ferait jamais ça, non non, il ne ferait jamais ça, sait-il seulement écrire ? Je gloussais doucement comme chaque fois que j'essayais de le ridiculiser ou de le rapetisser. La porte de sa chambre était entrouverte, ce qui m'a surprise et vaguement inquiétée, j'ai entendu le bourdonnement des mouches et la fenêtre qui claquait faiblement, comme une fenêtre rétive, qui claquait mollement dans son espagnolette. J'ai fait un pas sur le seuil de la chambre mauve, la peinture cloquait toujours et semblait suinter, le bâtiment entier transpirait dans cet été brûlant de mes vingt-trois ans. C'est ce que je me suis dit, chambre mauve, chambre violette, c'est l'été de mes vingt-trois ans. Yoïm était allongé sur le lit, il tournait le dos à l'entrée, il portait sa chemise noire et son pantalon noir et je me suis dit, il n'est pas très prudent pour un trafiquant de cachets, j'ai esquissé un sourire, puis j'ai voulu m'avancer mais je me suis sentie brutalement glacée par tout ce mauve écœurant et par l'incessant bourdonnement des mouches bleues.

XXII

Je me suis retrouvée à l'arrière de la voiture (la Plymouth Fury 1954), à moitié allongée sur la banquette, en train de fumer et de me prendre pour une poule de luxe malgré mes quatorze ans. Il y avait un type qui conduisait, un Paki avec des boucles d'oreilles et l'air rébarbatif. Yoïm était à côté de lui, indiquant le chemin, parlant de ce qu'il allait faire (tâter le terrain, solliciter un entretien, se faire passer pour un chefaillon de groupuscule extrémiste, gagner la confiance de la Vieille, voir s'il fallait la brutaliser un rien ou si l'on pouvait se passer de son concours, et le cas échéant revenir cambrioler tout seuls comme des grands), je suivais un mot sur huit de ce qu'il disait, je m'intéressais aux miettes coincées sous la banquette et je m'assoupissais par instants – je faisais des rêves fulgurants de quelques secondes et je me réveillais.

Je me caressais le ventre, je le gonflais en bloquant ma respiration et je souriais en l'imaginant énorme et habité. Puis je me rendormais.

Yoïm est sorti de la voiture, il a descendu la rue et il a gravi les marches du perron, il a sonné, une jeune fille est venue lui ouvrir. Moi j'étais toujours collée au skaï rouge, nous sommes restés plusieurs heures comme ça, immobiles, le Paki et moi. Il ne me parlait pas, je crois qu'il trouvait très choquante la relation que nous entretenions Yoïm et moi, j'imagine que je devais avoir l'âge de sa fille, que ce type trafiquait des

Cadillac blanches à ailerons, mais qu'il mettait ses enfants en école privée. Je pense qu'il parlait de moi à sa femme en disant la petite pute de Yoïm – ce qui m'excitait légèrement. Et je me disais, si papa pouvait me voir. Je me disais, voilà, voilà, il suffit de faire les bonnes rencontres et l'univers change du tout au tout, tu avais des dispositions, me disais-je en gloussant, tu vivais recluse, monstrueuse et innocente. Tu avais des dispositions.

Yoïm a fini par ressortir, il a remonté la rue, je le regardais chalouper sur le trottoir, embusquée derrière la banquette, le Paki le surveillait dans le rétro, Yoïm a grimpé dans la voiture, c'est bon, a-t-il dit en soufflant, ça va aller, et nous avons démarré.

J'ai repassé des milliers de fois la façon dont les événements se sont combinés, j'ai cherché à quel moment tout était parti en vrille, pourquoi j'avais fini par baigner dans mon sang dans une absolue solitude, j'arrivais juste à me dire, c'est parce que j'ai été mauvaise, c'est parce que j'ai été mauvaise mauvaise que les choses se sont mal goupillées et j'ajoutais pour me meurtrir un peu plus, c'est une histoire avortée, c'est une histoire qui pisse le sang et je grimaçais de me revoir sur la paillasse de Yoïm gouttant sur le plancher avec une régularité de métronome.

XXIII

Yoïm m'a expliqué son plan, ma mission chez la Demoiselle. Je n'étais pas très attentive, l'esprit tout à fait embrumé – un brouillard froid de fin d'hiver qui se referme derrière vous quand vous avancez dans la nuit, vous frôlant les épaules, vous faisant vous retourner parce que vous finissez par imaginer, quel que soit votre attachement au réel, qu'il s'agit de doigts de spectres qui vous tirent par la manche. J'étais ailleurs, alors Yoïm me claquait un peu le crâne pour que je redescende auprès de lui, tu vas arrêter de prendre ces saloperies, répétait-il.

Et puis deux jours avant la nuit prévue pour le cambriolage – justicier, c'est quelque chose que disait sans cesse Yoïm, il faut que justice soit rendue –, il a amené un homme dans sa maison. Je me suis dit, ce sera peut-être le type qui conduira la voiture et comptera le butin, ou bien alors c'est un type qui veut acheter des cachets, je ne me suis pas intéressée à cette visite, vautrée que j'étais sur le lit de Yoïm, écoutant distraitement le bruit du métro et les piaillements de rouge-gorge des deux enfants dans le jardin et tournant les pages d'un magazine musical afin de me sentir plus libre et décadente encore, sommeillant doucement.

Yoïm a juste dit, je vous laisse, j'ai une course à faire.

Je n'arrive toujours pas à savoir pourquoi il m'avait vendue à ce type, quel genre d'accord ils avaient passé, si l'homme, l'intrus, l'homme là – pas de visage, rien d'autre qu'une peau grêlée et la deuxième queue de ma vie – était un créancier. Le type s'est approché du lit et il a dit très bas, tu as bien compris n'est-ce pas tu as bien compris que Yoïm m'a vendu une heure de ton cul ?

Voilà c'est tout.

Je n'ai aucune envie d'en rajouter.

Je vais me reposer et reprendre plus tard. Je ne peux vraiment pas raconter ce que l'homme face grêlée m'a fait subir, je vais taire toujours cet outrage.

J'avais imaginé que mon naufrage serait tragique – tempête, déferlante, cris d'agonie et d'impuissance – mais il n'y eut rien de tout cela, j'étais prête à sombrer lentement dans cette petite maison de planches sous le métro, j'étais prête à devenir pute et laide en prenant tout mon temps et à m'éloigner de beaucoup et hors de moi. Comment Yoïm a-t-il pu penser que tout se déroulerait comme il l'entendait ? Je me répétais, il est vaniteux, il est vaniteux – c'était une expression de maman, elle secouait la tête et elle disait, il est tout petit et il est tellement vaniteux, il se rengorge comme un coq, elle parlait de papa – et puis je m'interrompais, non non, il m'aime d'une façon si spéciale, et je sanglotais presque silencieusement pendant que mon frère en Superman, assis au bord du lit, jouait avec mes orteils, en tâtait la pulpe et en tirait les os ronds et mous avec un bruit de gorge, portant avec désinvolture le costume bleu et rouge que lui avait offert Yoïm avec ses pieds nus tout au bout et chantonnant murmurant chantonnant.

Je me voyais fille perdue et j'en ressentais, il faut le dire, la jubilation particulière de la chute – Lili en pute dans caravane au milieu terrain vague, Lili en pute dans voiture marron rouille dans parking restaurant dans bourg sans intérêt dans province morne (les sous-ensembles), Lili en paillettes dans caniveau sous étoiles et ciel nocturne, Lili bas filés et cigarette à bout doré, Lili arpentant le bitume sur talons affolants, chaussures en fourrure d'écureuil comme Cendrillon, toute une panoplie de Lili en papier fort deux dimensions, toute nue ou avec string noir nylon, et le reste, les accessoires, les vêtements, les brillants et la pacotille, papier découpé avec petites languettes pour que ça tienne bien, ma foi, aux épaules et aux chevilles, aux entournures en somme, souvenez-vous de ces poupées en carton à grosse tête, avec le cou rafistolé au scotch et leur garde-robe de collégienne qui me laissait perplexe – des socquettes blanches pour exciter les vieux, disait maman en fronçant le nez, je préfère encore que tu portes le treillis.

J'ai mis mon petit frère en garde, si ça se passe mal, mon loup, retourne chez les Dira et restes-y toujours, je mettais les mains sur ses bras, mes doigts autour de ses biceps de tout petit garçon, et je le regardais droit dans les yeux, il avait l'air de mesurer le tragique et le définitif de ce que je disais là. Je l'entendais répéter, je n'ai peur pas, je n'ai peur pas.

Quand Yoïm m'avait récupérée après la venue de cet homme peau grêlée et que j'étais restée tout hébétée sur les couvertures, ne pouvant plus bouger, de peur de grand vertige, résolument inerte jusqu'à, me semblait-il alors, la fin de mon existence, il m'avait serrée dans ses bras et m'avait appelée son chaton sa beauté belle sa lumière sa folie douce. Je n'avais pas bougé et il avait ajouté, je n'ai pas tout cassé tout de même. Je crois que j'aurais hurlé et que je lui aurais extrait les deux globes oculaires des orbites juste avec les pouces si j'avais pu bouger, si j'avais appris avant tout cela à bouger.

Il m'a harnachée, sanglée, coiffée (cheveux bien en arrière, angle de vision maximum, prise au vent minimale) – moi je pensais à mon petit frère, à son sommeil, il était si tard dans la nuit, à ses paupières immenses, son visage n'était plus que deux paupières ourlées de sueur quand il dormait, je me disais, moi aussi je veux être couchée dans mon lit, reposer sur mes draps de nuit fine, je ne veux pas être debout ici avec Yoïm qui me pousse en avant, qui me souhaite bonne chance et m'embrasse sur le front et je voudrais dire, il me faut un grigri, un porte-joie, n'importe quoi qui me protégera, il ne faut pas que je marche sur les ombres ou sur les traits du trottoir, il faut que je compte jusqu'à 111, laissez-moi compter jusqu'à 111, donne-moi des pastilles, mon Yoïm, donne-moi quelque chose, au lieu de cela, il m'a emmenée dans sa Plymouth Fury 1954 skaï rouge foncé réparé chatterton rouge plus clair, il m'a fait répéter ce que je devais faire, soupirail, coffre à bijoux, peu de chose, on n'est pas si gourmands, ma belle, avec retour, Yoïm dans voiture pas discrète au quatrième réverbère, AVEC RETOUR, disparition voiture, concassage, quelle tristesse, petite voiture noire qui nous emmène vers le sud, les bars à putes, les colliers et les perlouzes, du brillant et du miroitant, ma jolie, je me dis encore sur la banquette arrière alors que nous filons vers chez la Vieille, je me dis encore, on emmènera mon petit frère, si tout va bien on l'emmène, je vais convaincre Yoïm, et c'était ça finalement qui m'inquiétait le plus, convaincre Yoïm, pas du tout aller chez la Vieille Demoiselle et la dévaliser, non, mais convaincre Yoïm.

Il faisait nuit avec un de ces clairs, on y voyait comme à midi, j'ai dit, fait trop jour Yoïm, il a secoué la tête, ce n'est rien, il y a juste la bonne et la Vieille là-bas, ça ne craint rien, c'est du gâteau, il répétait ça tout le temps, c'est du gâteau, parfois même il usait d'une variante, c'est du velours, moi j'aurais préféré un velours bleu marine, moi j'aurais préféré une nuit bien profonde pour disparaître tout à fait. Il disait, tu es toute légère, toute petite, tu es vraiment parfaite pour te glisser ni vu ni connu. Je pensais, ça va mal finir et je m'en voulais d'être si négative. Yoïm m'a déposée devant la maison de la Vieille et j'avais vraiment l'impression d'être lâchée là en pleine lumière comme un kangourou prisonnier figé dans les phares, mais, ma foi, j'avais une mission, il y avait du danger et des bijoux et j'ai réussi au moment de pénétrer chez la Vieille à prendre ça comme une fête.

J'ai sauté la grille et j'ai marché dans l'ombre de la maison, la lune était si ronde et si laiteuse, j'ai trouvé le soupirail – aération, salle de bains, sous lavabo, comment Yoïm savait-il tout cela, les maisons des vieilles demoiselles fascistes comportent-elles toujours des soupiraux sous lavabo ? J'avais ma besace pliée en cent cinquante dans ma ceinture, un couteau et des cisailles, je me suis faufilée par le soupirail, grillage qui rebique depuis lurette, qui pique un peu, tétanos. Je pensais, de toute façon je m'en fous. Et puis je gloussais, si papa me voyait. La salle de bains, mes yeux s'habituent, carreaux noirs et blancs, baignoire griffue, robinetterie en argent avec préciosité de coquette, miroirs avec débuts de vitiligo, j'avais imaginé des crèmes antivieille, des parfums éventés siècle dernier, mais rien de tout cela, c'était juste une salle de bains sans objet, pour ablutions, pour nettoyage de fond en comble.

J'ai ouvert la porte, je me suis dit, c'est mon cœur qui cogne comme ça, que vais-je faire de cette palpitation, ça va créer de l'écho, ça va résonner couloir.

J'ai avancé, chambres à l'étage, avait-il dit, salon rez-de-chaussée, elle planque tout dans la cuisine, et il avait ajouté, c'est la jeune qui me l'a dit, comment avait-il pu obtenir si rapidement ces renseignements, la petite bonne avait dû se laisser câliner, personnel de confiance, ne tient pas bien la route au contact de mon Yoïm, je fronce le nez, bien sûr, je suis jalouse, maladivement jalouse, je progresse dans le couloir noir de noir en ne faisant pas plus de bruit qu'un courant d'air, parquet devient carrelage, la cuisine approche, pas de clenche, la pièce est froide, très haute de plafond, la lumière du clair s'écoule par la fenêtre et se pose sur les objets, arrondissant les ombres, engraissant l'éclat des choses, placard au-dessus évier, il m'avait dit, j'ai pris le café avec la petite avant de partir, elle m'a tout montré, mais est-ce qu'il lui a touché les seins, ça me trotte dans la tête, lui a-t-il touché les seins ?, je grimpe sur une chaise, ouvre le placard, léger bruit de vaisselle, et je pense au même moment, tiens c'est bizarre qu'elle n'ait pas de chien, la Vieille, c'est bien le genre à avoir deux dogues allemands, deux molosses aux babines pendouillantes et à l'œil dingue, l'un sourd, l'autre épileptique, consanguinité, belle race de saloperies mauvaises, je fouille vaguement, électroménager datant de quelques décennies, et puis boîtes à biscuits, plusieurs, même format, bien empilées, je secoue l'une des boîtes, ça ne fait pas un bruit de biscuits, la petite a donc toute cette richesse sous la main dans sa cuisine, mais attention, pas touche, la Vieille la fouille et l'espionne (fouille-surprise, videz vos poches, retirez vos collants, ouvrez grande la bouche), je vais pour redescendre de ma chaise, la boîte sous le bras, quand brusquement la lumière s'allume, je lève le coude pour protéger mes yeux, me voilà éblouie, petite salope, glapit la Vieille, mais oui bien sûr, la Vieille, elle ne dort pas là-haut, bien trop vieille pour monter et descendre l'escalier, la salle de bains étant en bas et les bijoux aussi, la Vieille hurle, je laisse tomber la boîte qui s'ouvre et se déverse sur les tomettes, j'ai trop peur pour pleurer, je lève les bras, signe de paix, mais c'est qu'elle pointe une arme vers moi, là, je me dis, elle est cinglée, elle va me tuer, je profite de l'arrivée de la bonne, pyjama bleu ciel, air endormi, non ce n'est pas possible, il n'a pas pu avoir envie de lui toucher les seins, elle a un air ridicule et effrayé, la Vieille se retourne en hurlant dans une langue que je ne connais pas, je lance le moulin à café vers le plafonnier, la lumière, clang, s'éteint, je me précipite vers la fenêtre, je l'ouvre pendant que la petite bonne allume la lumière dans le couloir, je saute sur le balcon, j'enjambe la balustrade, la Vieille tire au hasard, clair de lune ou non, elle n'y voit goutte, je sens une fulgurance, un éclat violent qui me picote les yeux, oh merde je vais mourir, je bascule dans le jardin, je trébuche, je mets la main à mes côtes et à mon oreille, il y a du sang partout, je crois entendre la Vieille crier, lâche les crocodiles, je rampe dans l'herbe fraîche et inerte de cette douce nuit d'automne commençant, ça sent la terre humide, l'odeur étouffante du terreau mouillé, ça stridule dans mes oreilles, j'entends même un crapaud coasser près de moi, et il y a aussi l'odeur capiteuse de cette nuit sanglante, et mon sang qui s'écoule et abreuve le jardin de la Vieille, je sanglote et je tremble, tout mon corps tremble avec une frénésie délirante, je m'affaisse et, tout à coup, je sens qu'on me soulève, non, on ne me soulève pas, on me frappe, on me roue de coups de pied, c'est la Vieille qui est sortie et qui s'acharne, revigorée, ça me rappelle ma jeunesse, je saigne et je saigne, arrêtez, je souffle, arrêtez donc, je veux que la police vienne, cette vieille me fait peur, j'aperçois la petite bonne ridicule en pyjama bleu qui me regarde du haut des marches, elle a un téléphone à la main, je suis soulagée, je me dis, la police va arriver, je vais te flinguer petite salope, crie la Vieille, je comprends enfin ce qu'elle dit, je murmure, pas les crocodiles, s'il vous plaît, pas les crocodiles, et à ce moment j'entends un grand bruit du côté de la grille comme si tout le mur d'enceinte s'effondrait, deux phares me brûlent la rétine, je perçois un coup de feu, je crois que je suis morte, mais non, la Vieille s'effondre en glougloutant, la petite bonne crie et crie et la stridence de son hurlement me perce les tympans, Yoïm apparaît, me soulève cette fois pour de bon et m'empoigne, il me pousse par la portière dans la voiture et se remet au volant, il fait demi-tour en faisant brailler ses pneus, il a défoncé la grille, il a l'air furieux et mauvais, je ne dis rien, je perds mon sang en silence et tout le reste va se faire dans un silence d'effroi, tout le reste va voler en éclats avec une belle précision muette, Yoïm va me ramener dans la maison sous le métro aérien, il me déshabillera et me bandera le torse, il grognera et jurera et parlera et réfléchira à ce qu'il faut faire maintenant mais je m'évanouirai par intermittence, je ne comprendrai pas bien, je dirai juste par moments, où est mon petit frère, laisse-le chez les Dira s'il te plaît, Yoïm me soufflera, je laisse tout ici de toute façon, je file ma belle, je ne peux pas rester, je te laisse la maison, la carcasse de bagnole, je te laisse sur ce lit mais ne t'inquiète pas, j'appelle une ambulance avant de partir, il faut que je file, je reviendrai te chercher plus tard, c'est promis, fais-moi confiance.

Alors je suis restée sur sa paillasse à me vider et à espérer mourir avant que l'ambulance rappliquât, je savais obscurément que j'allais terminer dans un centre de rééducation spécialisée – les camps –, je savais qu'il ne me serait donné aucune nouvelle chance, que mon père et mon frère disparaîtraient, qu'on allait me redresser à coups de trique, je me suis dit, ils vont m'envoyer à huit mille kilomètres de là, je sentais la fièvre prendre chacun de mes membres et leur octroyer un bout de vie autonome, j'ai su que jamais je ne donnerais Yoïm, mon précieux, j'avais presque quinze ans, il ne faut pas l'oublier, et j'étais là, à clapoter dans mon sang et ma lymphe et à lui jurer fidélité.

XXIV

Dans la chambre mauve, dans le bourdonnement insistant des mouches bleues, dans cette atmosphère grasse, je finis par m'avancer vers Yoïm, il semble dormir d'un sommeil sous-marin. Il ressemble à un calamar géant des abysses, tentacules de onze mètres de long, jamais rencontré l'un de ces monstres vivants, ça n'existe pas vivant me dis-je, ça existe juste mort échoué sur la grève avec un grand corps imaginaire.

Je m'assois sur le lit et je me couche tout contre lui, calée dans le creux de son abdomen.

Je me dis, soit il dort de son sommeil de pierre soit il est mort, je me sens très tranquille d'être ainsi à l'intérieur presque de mon Yoïm possiblement mort, c'est comme une joie qui me fait répéter, mon amour est peut-être mort. Je n'ai nul besoin de vérifier son apnée, je désire imaginer le monde libéré de lui – le monde ? moi simplement, juste moi –, je désire me reposer enfin.

Je souris – l'idée de sa disparition, alors que la densité de sa chair fait poids derrière moi, est comme une insolence, j'ai l'impression d'imaginer du salace à propos d'un professeur terrifiant.

Les mouches bleues se posent sur mes bras parcourant de courts trajets saccadés, je les regarde opérer, me disant, elles m'écrivent des messages sur la peau. Brutalement, la main de Yoïm s'abat sur mon épaule, tu es là ? entends-je résonner. C'est une voix de ferraille qu'il a – avec d'infimes parcelles métalliques qui blessent la gorge. Je soupire, je me retourne pour lui faire face et je dis très bas, tu n'es pas mort ?

Pendant ce temps-là, quelqu'un est en train de déposer une enveloppe blanche dans ma boîte aux lettres avec, à l'intérieur, pliée en quatre très soigneusement, les bords de la feuille recouvrant les bords de la feuille comme si on avait voulu amorcer un avion en papier avec la plus grande précision, juste cette phrase : N'aie peur pas, je suis tout près.

Je regarde les yeux de Yoïm et je me dis, ils sont vitreux comme deux méduses.

Le soir même, j'ai dit à Samuel, je crois que je vais essayer de trouver un métier.

Mais pas danseuse à paillettes avec pompon au bout des seins.

Il a dit, bien sûr, bien sûr, mais que veux-tu faire ? J'ai répondu, je vais réfléchir encore un peu.

Je l'ai regardé un moment alors qu'il était debout sur une chaise à remettre une ampoule, et puis empoignant son journal et s'installant sur les marches dehors et soupirant, quel bel été nous avons eu, ayant expulsé de son cerveau joli les raisons qui l'avaient poussé à me sortir des camps, attendant que je lui serve un verre de quelque chose, de l'aquavit peut-être, et souriant toujours en se refusant à m'interroger, as-tu revu Yoïm ?, ayant réussi à reléguer très loin, dans des étagères de troisième sous-sol, la certitude que Yoïm est revenu, qu'il est passé chez Ben dans sa boutique d'équipements sportifs pour aller chercher du matériel de pêche au gros – des scalps de lapin tout en couleur, oui, des scalps roses et jaunes – alors que nous sommes si loin de la mer ici, et Samuel sirotant maintenant son aquavit et moi me disant, je vais le laisser à sa mère, je vais m'en aller je crois, je n'ai que vingt-trois ans ma foi, vite vite, sauvons-nous d'ici, moi souriant dans l'air du soir, pensant aux petits mots que me transmet mon frère dans la boîte aux lettres, chaque matin, dans cette odeur de brindilles et d'épines de pin qui me tapisse la gorge pendant longtemps après.

Je revois Samuel découpant le poisson dans l'assiette de sa mère l'avant-veille, quand elle est passée, elle racontait encore ses histoires de tarots et de chats et il était là, penché sur elle, additionnant sur la fourchette un bout de dorade, un morceau de brocoli et un peu de purée, lui tendant l'instrument après l'opération, elle, ailleurs, bavardant et pépiant comme un oiseau des îles, Samuel attentif, peut-être inquiet déjà qu'elle n'arrive plus vraiment à s'alimenter seule, lui disant, tu te prépares quoi à la maison ?, elle répondant, des surgelés et puis des biscuits, et Samuel demandant, tu les fais réchauffer tes surgelés ?, elle légèrement choquée, le regardant comme s'il avait proféré une indécence ou comme si elle l'avait surpris en pleine bouffée délirante, et répondant, mais bien sûr, tu ne voudrais quand même pas que je mange ça glacé, riant très délicatement, comme elle sait le faire avec ses dents en or qui scintillent entre ses lèvres rose nacré.

Je pense à Samuel et à sa très vieille mère.

Et je me dis, je vais quitter cette ville, son centre commercial et son école dans le désert, et puis non, je change d'avis, je ne vais pas quitter cette ville, je vais prendre un petit appartement sur la place, et je travaillerai dans un hôtel, ou alors je ferai surveillante dans un collège, oui c'est ça, surveillante dans un collège et je reprendrai – non je prendrai, je n'ai rien fait jusque-là – des cours par correspondance pour devenir institutrice, oui c'est ça, institutrice ou quelque chose d'approchant, et je suis debout dans la cuisine, tout entourée du crépuscule, à projeter de nouvelles vies, avec Samuel à mes pieds qui me tend son verre en souriant pour que je le remplisse une nouvelle fois d'aquavit, je sens assis sur mon sternum toute mon assemblée de fantômes qui discutent ma décision, ils ont l'air de la trouver déraisonnable, ils parlent de « proie pour l'ombre » – des loups ? –, mon père me rappelle d'où Samuel m'a tirée, souviens-toi de ta détention, Lili, de la façon dont il s'est démené pour réduire ta peine, souviens-toi de sa générosité, mais pourquoi, me permets-je de lui répondre, pourquoi Samuel visitait-il les petites filles dans les centres de rééducation renforcée, pourquoi préférait-il passer ses samedis avec nous alors qu'il aurait pu sortir, s'installer au fond d'un fauteuil humide dans un cinéma et laisser passer l'averse, alors qu'il aurait pu aller chercher des livres à la bibliothèque, engager la conversation avec la jeune fille aux yeux verts derrière le comptoir, cette jeune fille qui lui souriait toujours et commentait ses choix littéraires, et peut-être, oui, l'inviter cette jeune fille aux yeux verts à prendre un verre au Globo, pourquoi venait-il tout spécialement m'apporter des tartelettes aux myrtilles – c'est ma mère qui les a faites, disait-il en souriant, avec des yeux qui souriaient également, des fossettes et des promesses –, et moi inquiète de me sentir encline et basculante, si près maintenant de lui faire confiance, moi qui me reprenais, c'est une connerie cette histoire de tartelettes aux myrtilles préparées par sa mère, moi qui me maquillais les yeux avant qu'il arrive le samedi, voulant rendre mes cils plus longs et plus fournis encore, voulant qu'ils ressemblent aux barbes d'une plume, qu'il en soit touché, qu'il rentre dans son appartement le soir et pense, elle a des yeux de biche, ou de girafe, ou de poulain, ou de n'importe quoi avec des yeux et de longs cils pleins d'ombres, et lui qui venait si régulier, si ponctuel, moi pleurnichant un peu en lui disant, je n'ai plus de parents, et plus de famille, toutes les lettres envoyées à mon petit frère m'ont été retournées, mon père a signé mon émancipation, il ne voulait plus entendre parler de moi, horrifié je suis sûre à l'idée de tout ce que j'avais fait, tenant dorénavant plus serrée encore l'éducation de mon frère, regrettant de ne pouvoir purger cette honte familiale dans un bunker avec armes appropriées, quittant la ville et les Dira épouvantés, s'installant définitivement dans un village du parti pour lessivage cerveau du petit frère et reprise en main durable, et Samuel me disant, tu veux que j'essaie de les retrouver, et moi près de lui dans l'étroite pièce saumon écaillé avec chaises en fer pour nains, lui disant, non non, j'ai trop peur de ce qu'ils ont pu devenir, de toute façon ils ne veulent plus de moi, Samuel me serrant la main, la pressant dans la sienne pour que je comprenne son sérieux et sa détermination et l'affection également qu'il éprouve pour moi, Samuel réussissant finalement à me faire sortir de là-dedans – odeur de ferraille et claquement de clés, désintoxication et cauchemars à tiroirs – pour m'amener ici dans cette maison de bois et ses acacias, mais n'arrivant pas, mon Samuel, à éveiller en moi plus que de la reconnaissance.

Le lendemain matin, j'ai chopé le gamin.

Pendant que Samuel dormait encore, je me suis embusquée, avec cette excitation intense qui irradiait dans chacun de mes membres et les rendait électriques, et j'ai attendu dans le garage, dans l'odeur d'huile de moteur et d'outils en métal, assise longtemps sur ce tabouret, à regarder par la porte ou bien alors à contempler les silhouettes de tenailles et de marteaux dessinées sur le mur – par les propriétaires précédents qui avaient emporté les tenailles et les marteaux dans leur déménagement mais en avaient laissé le tracé et l'ombre sur les panneaux de bois –, frissonnant dans l'aube, m'endormant presque par moments, les yeux ouverts comme avec stupeur, attendant simplement que mon petit frère apparût.

Un gamin est arrivé à vélo, tranquillement, sifflotant, montant sur le trottoir pour ne pas avoir à descendre de son engin en glissant la lettre dans la boîte ; il avait le cheveu gras, la peau idoine, le tee-shirt noir squelette phosphorescent, le sac à dos à badges attaché tendeurs sur porte-bagages. Je me suis dit, c'est mon frère, ça ? et puis non évidemment, je me suis reprise, non non ce n'était pas lui, alors j'ai bondi sur le trottoir, il a fait un saut en arrière en glapissant – petit cri de rat palmiste –, il a perdu l'équilibre, la jambe gauche battant l'air, la droite tentant de faire reprendre pied au vélo et au garçon.

Je l'ai attrapé par le bras, il s'est débattu en criant, je n'y suis pour rien, je ne vous connais pas, je n'y suis pour rien. Alors je l'ai lâché, je lui ai souri pour qu'il abandonne l'idée que j'étais une folle qui voulait le séquestrer – un sourire très doux et raisonnable –, il s'est éloigné de deux pas et a dit en secouant la tête, je ne sais pas du tout ce qu'il vous écrit, nous nous sommes rencontrés à une compétition de natation – comme c'est troublant, quand j'ai disparu dans ma prison pour me faire rééduquer, mon petit frère avait presque cinq ans et n'avait jamais trempé ailleurs que dans la baignoire de notre salle de bains, pas de vacances à la mer, parce que trop d'huile solaire et de femmes presque tout à fait nues (de la viande, de la viande, disait le père, des gravats, ce sont des gravats), et pas de piscine non plus, verrues, morpions amphibies et cancrelats, le père eût aimé nous baigner dans des torrents de montagne pour fortifier nos âmes enfantines, mais ma mère jusque-là l'avait empêché de nous emmener sur les cimes où elle n'aurait pu nous accompagner, eu égard à son grand poids. J'ai dit, il sait donc nager ?, ce qui a poussé le gamin à me scruter plus sérieusement encore derrière ses paupières piquées d'acné. J'ai de nouveau souri, mon sourire « tout est normal ». Alors il a poursuivi son explication, ils s'étaient rencontrés en maillot et bonnet de bain, ils avaient sympathisé – mon petit frère donc parlait, la joie m'a incendié le cœur –, ils s'étaient revus, avaient vaguement correspondu par écran interposé, ils se croisaient peu, hors piscine et compétition, parce que mon frère habitait loin, j'ai demandé, son père l'accompagne parfois ?, l'adolescent m'a regardée comme si j'étais cinglée, non, son père est malade, d'après ce qu'il m'a raconté, un truc du genre, peut plus parler, peut plus marcher, et il a ajouté avec son air futé, c'est votre frère ?, et sans attendre que je réponde il a continué, il n'est venu qu'une fois ici, on est passés au zoo parce qu'on était avec ma copine (je me suis interrogée sur la relation de cause à effet, les filles aiment-elles vraiment les animaux et est-ce plus facile de les séduire en les promenant préalablement au zoo ?) et on est sortis au Scarabée (le centre commercial, surnom que lui donnent les adolescents du coin). J'ai opiné, bien sûr, bien sûr. Il a ajouté, maintenant il m'envoie des enveloppes pour vous, j'avais pas de raison de refuser de vous les transmettre. Je me suis dit, il me cherchait donc, mon petit frère me cherchait. J'ai soupiré, je n'avais pas dû être très difficile à retrouver, je lui en ai presque voulu de n'avoir pas réapparu plus tôt. J'ai froncé le nez et j'ai dit sur un ton enjoué, ce sont d'excellentes nouvelles, tu me laisses son numéro ? Il a hésité – loyauté ? – puis il a haussé les épaules et l'a griffonné sur une facture de fast-food pêchée au fond de sa poche. Il a grimpé sur son vélo, j'ai ouvert l'enveloppe de mon frère que le gamin avait apportée, il est parti, j'ai déplié le mot, il m'a fait un signe avant de tourner au bout de la rue comme si nous nous connaissions depuis lurette, parce que j'étais finalement une assez jolie vieille. J'ai lu le mot, il y avait écrit : Il faut bien tout nettoyer.

Je me suis dit, ce gamin va rentrer et appeler mon petit frère.

Je me suis dit, je vais enfin le revoir et lui parler.

Je me suis dit, il faut que je fasse vite avant qu'il débarque pour flinguer Yoïm.

XXV

J'ai arrêté de prendre les cachets de Yoïm. Ce n'était pas si difficile. Il m'a suffi de repousser à la minute suivante et ce, toute la journée, la prise des cachets, je comptais les minutes gagnées, je faisais des tableaux sur des bouts de papier pour me féliciter de tout ce temps que je n'avais jusque-là pas perdu, je m'activais – désherbons, élaguons, coupons et tondons –, j'ai fini par appeler Yoïm (milieu d'après-midi, mollesse alentour dans les troènes et les acacias mais bouillon tout dedans), jamais jamais je ne l'avais encore appelé, il m'en avait pourtant donné l'autorisation mais je préférais le retrouver au zoo. Entendre sa voix restituée dans mon oreille, la faire pénétrer ici dans cette maison où je vivais avec Samuel m'aurait semblé une trahison supplémentaire (accrochée à mon téléphone, les jambes croisées bien serré).

Il a répondu et sa voix m'a brisée menu bien entendu. J'ai pensé non non non et j'ai dit en sentant la paume de ma main – celle qui tenait si fermement le téléphone qu'il me semblait qu'il allait pour toujours s'y greffer – devenir moite et brûlante, on va cesser de se voir, va-t'en donc pêcher en mer puisque tu es équipé maintenant, sors donc de ma vie, je ne veux plus te voir, tout cela va mal finir.

Je m'y suis très mal prise. J'avais une voix aiguë et chevrotante. Je m'y suis vraiment très mal prise.

Viens ma belle, on va discuter de tout ça (il a ri), et puis je ne vais pas tout de suite partir pêcher l'espadon, je n'ai pas l'intention de m'en aller sans toi ma si belle.

Je suis demeurée inerte, sans mouvement et sans souffle, non plus qu'une souche.

J'ai dit d'accord, j'ai soupiré, j'ai pensé, advienne que pourra, il a raccroché et je suis restée un instant le téléphone en main, l'air était devenu lourd, ma peau plongée tout entière dans une matière à texture et température comparables aux siennes, j'ai répété d'accord d'accord et j'ai senti le vent se lever tout à coup, c'était sans conteste un vent d'orage, il venait de très loin, il sentait le sable et l'iode, il venait de si loin. Je me suis levée et j'ai fermé les volets. J'ai pris mon grand couteau de poissonnière et une petite cuillère (pour lui extraire les globes des orbites), je les ai couchés au fond de mon minuscule sac miroitant (des perles et des paillettes, un sac de fille, de très jeune fille), j'ai pensé, je vais revoir mon frère, il n'a jamais disparu, il a juste appris à nager et à parler de nouveau, tout va très bien, tout est normal, ce temps passé à me faire rééduquer avec toutes ces salopes charognardes est donc absolument fini, je vais revoir mon frère. Je suis sortie de la maison, le ciel était d'une belle couleur d'acier poli, j'ai entendu tonner au loin, c'était encore très loin. Je voudrais mourir ici foudroyée, oh oui, abattez-moi tous ces paratonnerres, laissez-nous finir grillés, plantés au milieu des épaules par la foudre. Je marmonnais, le sac à paillettes sous le bras, mon sac de strip-teaseuse, faites-moi une tenue dans ce sac, j'ai juste besoin d'un bout de ficelle et de quelques perles, ce sera tout, le couteau avait percé l'angle du sac, je le voyais qui pointait et déchirait le tissu et je rigolais doucement. Je vais me libérer, pensais-je, je vais me libérer et m'installer sur une autre case, l'aménager à ma façon, avec des plantes et des cageots comme un camp gitan, je vais m'installer dans une autre caverne. Je continuais de rire et je me répétais, tu n'as donc plus toute ta raison, et me parler ainsi et sur ce ton me faisait glousser plus encore. Une bourrasque chaude, de l'air plein de sable et de coquillages, m'a poussée vers la voiture, je me suis dit, Samuel ne se déplace plus qu'à vélo, redeviendrait-il un petit garçon ?, je l'ai imaginé sur un grand tricycle adapté à sa taille, j'ai secoué la tête pour ne pas être encombrée de ces pensées parasites, une goutte si large que je n'ai pas pensé que ce pût être de la pluie m'est tombée sur la nuque, je me suis dit, c'est un moment merveilleux pour aller régler mes comptes avec cet affreux, je me sentais tout excitée par l'électricité qui zigzaguait dans l'air et me traversait par moments en laissant derrière elle sur ma peau une odeur de roussi ou de soufre, la sensation exténuée d'une très légère décharge électrique – électrochocs, ai-je pouffé –, je me suis glissée dans la voiture, j'ai démarré, la pluie s'est mise à tomber, quelques gouttes tout d'abord, énormes et huileuses, et puis l'averse et le déluge, quelque chose pour vous empêcher d'avancer, pour vous laisser plombé ici même, sans autre chance que de regarder l'eau monter le long de la portière, j'ai tourné le coin de la rue dans le vacarme de la pluie sur la tôle, les essuie-glaces ne servant plus à rien, abandonnant finalement, et moi avançant vers mon amant si laid qu'il m'a laissée trop longtemps pourrir, je suis blette maintenant mon Yoïm, c'est fini râpé foutu (c'était une expression de maman, c'est fini râpé foutu, elle le disait avec un geste définitif de la main comme pour faire table rase de quelque chose), j'avais posé à côté de moi sur le siège passager le sac d'où sortait, aiguë, la pointe de mon couteau de poissonnière, et j'avançais aveuglément en suivant les phares des voitures qui me précédaient dans la blancheur et le ruissellement de l'orage – c'est mon chagrin, Yoïm, tu crois que c'est mon chagrin qui m'aveugle –, je ne savais même plus si je pleurais, ou non, obligée pour m'en assurer de toucher mes yeux et mes joues, et moi vaguement stupéfaite, ah non, je ne pleure pas, je me sens même assez joyeuse.

Il me semblait me hâter lentement – comme dans le monde qui colle aux semelles au milieu des rêves.

J'ai atteint le motel à la chambre mauve mais je suis restée un moment dans la voiture. Le désir m'est revenu en voyant juste la silhouette rectiligne du bâtiment sous la pluie, en devinant les lumières dans les chambres. Je me suis dit, ils n'ont donc pas peur de la foudre, je me suis souvenu de maman qui fermait le compteur et débranchait les appareils électriques, qui parlait d'incendie et de boules de feu traversant de part en part la maison, d'une fenêtre à l'autre (ne reste donc jamais près d'une fenêtre pendant un orage), les boules de feu traçant leur chemin cramé au milieu de notre intérieur, et moi me disant, mais ce sont simplement des vaisseaux spatiaux remplis de minuscules êtres qui vont si vite en traversant notre atmosphère qu'ils brûlent et se consument dans le salon pour finir par se jeter par la fenêtre de la cuisine sur le balcon aux cactus et crépiter un peu avant de s'éteindre tout à fait sur les dalles disjointes. Malgré mon intime connaissance des secrets interstellaires je me cachais derrière le fauteuil pendant l'orage pour que maman fût rassurée et ne gémît pas trop en tremblotant – mon flan parfumé fruits rouges.

J'ai continué de contempler le motel et ses néons étoiles, lune et prix imbattables, je n'en voyais que de vagues lueurs délavées derrière le pare-brise. Je me suis dit, juste une dernière fois, allez, juste une dernière, sentant encore l'acidité me grignoter le cœur, pressant mes cuisses l'une contre l'autre, et me disant, cette pluie va me refroidir le corps, il faut que je reste un instant sous cette pluie, je vais me mettre à fumer comme la poêle sous le robinet, je grimace et je glousse encore, ouvrant la portière, sortant de la voiture, hésitant à cause de la force de l'orage qui s'écroule sur moi, rage et détermination, me disant, mais je vais me noyer, me disant, mais ça va me briser les os, avançant enfin de quelques pas, m'apercevant que j'ai oublié cuillère et couteau de poissonnière et joli sac à paillettes, retournant dans la voiture les chercher, me replongeant sous l'orage, claquant la portière, éclair et tonnerre simultanés là juste au-dessus, oh mon Dieu, il est juste au-dessus, il ébranle toutes choses solides, et marchant, refusant de courir jusqu'à la galerie devant la chambre mauve, me répétant, ça va peut-être me disloquer, je n'aurais plus à baiser et à m'enjoindre de ne pas baiser, je n'aurais plus à mentir et à éliminer, tout nettoyer.

J'ai fini par grimper sur la coursive, me voilà dorénavant à l'abri, la terre sentait la terre, le métal et l'ozone, c'était une odeur profonde et ancestrale – l'odeur des champs et des forêts, quelque chose qui n'avait rien à voir avec le bitume et la poussière. J'ai frappé à la porte de Yoïm. Il est venu m'ouvrir, il avait ce sourire, il portait sa tenue camouflage, j'ai trouvé son choix un peu ridicule mais j'ai persisté, je l'ai malgré ce choix ridicule trouvé très séduisant, j'ai pensé, allez juste une dernière fois – j'ai vu sa main soupesant mes seins, placée là sous leur densité et leur rondeur et lui qui parlait de la douceur et de la pesanteur avec sa voix qui ne racontait jamais rien d'autre que des histoires de douceur et de pesanteur, qui ne parlait jamais du temps passé dehors pendant que j'étais enfermée, qui ne parlait pas de la douleur jamais, qui n'était pas foutue de parler des choses vraies, alors je me suis encore dit sans plus y croire, la dernière et puis ce sera tout, j'ai senti la joie envahir mon corps pratiquement noyé parce que j'étais tout à coup plus forte que ce désir-là et déjà soulagée de ne bientôt plus avoir à lutter, bienheureuse presque enfin, et j'ai entendu pardessus le fracas de la pluie le petit bruit très tranquille, une sorte de carillon léger, que faisaient les paillettes de mon joli sac de strip-teaseuse tenu bien serré dans le creux de mon ventre, j'ai entendu ce tout petit bruit très tranquille qui troublait à peine la surface mouillée des choses, et j'ai sorti, avec des gestes précis et gracieux, des gestes que j'avais chorégraphiés et calculés depuis des années, j'ai sorti mon grand couteau de poissonnière et ma petite cuillère. Je les ai regardés et j'ai souri, il ne s'agissait plus que d'une cuillère pour tourner le sucre au fond de ma tasse à café, et d'un couteau pour vider les sardines. Je suis libérée, j'ai dit. Je me suis sentie la force de renvoyer Yoïm. J'ai levé le visage vers lui et j'ai commencé à rire parce qu'il était simplement ridicule dans sa tenue camouflage, battle-dress et rangers, je me suis dit, il a d'infinies réserves de graisse, j'ai pensé, on aurait pu faire du savon avec tout ça, et je riais sans plus pouvoir m'arrêter avec le ciel déchiré tout derrière et ce bruit d'eau envahissant et mon soulagement et ma joie qui m'emplissaient la bouche de miel.

8102

Composition
NORD COMPO

Achevé d'imprimer en France (Malesherbes)
par MAURY IMPRIMEUR
le 22 juillet 2013.

1er dépôt légal dans la collection : août 2006
EAN 9782290352694
OTP L21EPLNJ04118N001
N° d'impression : 183535

ÉDITIONS J'AI LU
87, quai Panhard-et-Levassor, 75013 Paris

Diffusion France et étranger : Flammarion